U0051708

最新修訂版

「初學者必備神隊友
一本清晰統整，日語文法輕鬆上手！」

初學者輕鬆上手
日語文法

系統化整理、易懂易學，詞類變化超簡單！

李復文／著

笛藤出版

前言

為了打好日語基礎，理解文法的變化是相當重要的。此書是以《圖表日文法》一書重新編排而成的文法講解書；不僅修訂了內容，也重新設計了版型，讓學習者更能輕鬆地掌握學習重點。

說到日語文法的變化，相信很多學習者都會心存畏懼，覺得文法是一道阻礙學習之路的高牆，但其實只要透過有系統的學習與理解，日語文法將不再是阻礙，甚至能成為日語學習路上的好夥伴。

本書重點保留了《圖表日文法》中的文法變化圖表，學習者能透過簡單易懂的圖表，把複雜的文法變化有系統地吸收，並深植於大腦之中。由於本書是針對初學日語的學習者所編寫而成，目的是幫助學習者打下良好的日語基礎，因此一些比較艱澀、不常出現於日常生活的文法就不列入解說範圍。

日語的特別之處，就在於動詞、形容詞、助動詞等都會產生變化，這點和中文截然不同，也因此會讓剛接觸日語文法的學習者感到挫折。

而本書的特色，就是先深入淺出地介紹詞類的性質，接著再一一詳細地解說各名詞、動詞、形容詞、副詞等的變化和接續規則。除了圖表外，還特別將文法的變化處標上顏色，讓學習者能夠立刻反應並理解；詳細的解說搭配實用的例句，提供學習者們一個有系統的學習方式，打下完美的文法基礎，讓學習之路更加暢通無阻！

本書大範圍地將「文法」定義，有助釐清學習者的概念，如果想更進一步地了解，可參考本社出版的「基礎日本語」系列叢書，能更深入地研究每種詞類的特性與用法。

編者

目　錄

前言 2

第 1 章 詞類 13

1. 十大品詞 14

2. 品詞分類 18

第 2 章 名詞 19

1. 名詞 20

2. 代名詞 22

3. 形式名詞 26

4. 數詞 27

第 3 章 動詞 …… 29
1. 五段動詞 …… 31
2. 上一段動詞 …… 35
3. 下一段動詞 …… 38
4. カ行變格動詞 …… 43
5. サ行變格動詞 …… 45
6. 自動詞他動詞 …… 48
7. 補助動詞 …… 50

第 4 章 形容詞、形容動詞 …… 53
1. 形容詞 …… 54
2. 形容動詞 …… 59
3. 特殊形容動詞 …… 63
4. 音便 …… 64

第 5 章 副詞、連體詞、接續詞、感嘆詞 …… 67

1. 副詞 …… 68
2. 連體詞 …… 71
3. 接續詞 …… 72
4. 感嘆詞 …… 74

第 6 章 助動詞 …… 75

1. 使役助動詞 せる、させる …… 76
2. 被動助動詞 れる、られる …… 77
3. 可能助動詞 れる、られる …… 78
4. 敬語助動詞 れる、られる …… 79
5. 自發助動詞 れる、られる …… 80

6. 推量助動詞 う …… 81
7. 推量助動詞 よう …… 82
8. 否定助動詞 ない …… 84
9. 過去助動詞 た …… 85
10. 希望助動詞 たい …… 87
11. 樣態助動詞 そうだ（そうです） …… 88
12. 傳聞助動詞 そうだ（そうです） …… 89
13. 比況助動詞 ようだ（ようです） …… 91
14. 比況助動詞 みたいだ …… 93
15. 推定助動詞 らしい …… 94
16. 斷定助動詞 だ …… 95
17. 斷定助動詞 です …… 96
18. 丁寧助動詞 ます …… 97

第 7 章 格助詞

第 7 章 格助詞 …… 99
1. 格助詞 を …… 100
2. 格助詞 が …… 101
3. 格助詞 から …… 102
4. 格助詞 で …… 103
5. 格助詞 と …… 104
6. 格助詞 に …… 106
7. 格助詞 の …… 108
8. 格助詞 より …… 109
9. 格助詞 へ …… 110

第 8 章 副助詞 …… 111
1. 副助詞 か …… 112

2. 副助詞 くらい（ぐらい） …… 113
3. 副助詞 こそ …… 114
4. 副助詞 さえ …… 115
5. 副助詞 しか …… 116
6. 副助詞 だけ …… 117
7. 副助詞 でも …… 118
8. 副助詞 など …… 119
9. 副助詞 なり …… 120
10. 副助詞 は …… 121
11. 副助詞 ばかり …… 123
12. 副助詞 ほど …… 124
13. 副助詞 まで …… 125
14. 副助詞 も …… 126
15. 副助詞 やら …… 128

第 9 章 **接續助詞** ………………………… 129
1. 接續助詞 が ………………………… 130
2. 接續助詞 から ………………………… 132
3. 接續助詞 けれど（けれども） ………………………… 133
4. 接續助詞 し ………………………… 135
5. 接續助詞 たり（だり） ………………………… 136
6. 接續助詞 て（で） ………………………… 137
7. 接續助詞 ても（でも） ………………………… 139
8. 接續助詞 と ………………………… 141
9. 接續助詞 ながら ………………………… 142
10. 接續助詞 のに ………………………… 143
11. 接續助詞 ので ………………………… 144
12. 接續助詞 ば ………………………… 145

第 10 章 **終助詞** ………………………………………… 147

1. 終助詞 か（かい） ………………………………… 148
2. 終助詞 かしら ………………………………………… 149
3. 終助詞 かな ………………………………………… 150
4. 終助詞 さ ………………………………………… 151
5. 終助詞 ぞ ………………………………………… 152
6. 終助詞 とも ………………………………………… 153
7. 終助詞 の ………………………………………… 154
8. 終助詞 な（なあ） ………………………………… 155
9. 終助詞 ね（ねえ） ………………………………… 156
10. 終助詞 ものか ………………………………………… 158
11. 終助詞 こと ………………………………………… 159
12. 終助詞 よ ………………………………………… 160
13. 終助詞 わ ………………………………………… 162

第 11 章 句子 …… 163
1. 語言的單位 …… 164
2. 句子的成分 …… 165
3. 句子的構成 …… 167
4. 句子的種類（一） …… 169
5. 句子的種類（二） …… 171
6. 句子的排列順序 …… 173

附錄 日語動詞語尾變化表 …… 175

第一章 詞類

1 十大品詞

● **十大品詞：**日語依意義、形態、功能的觀點來看，可分為下列十種，我們稱為十大品詞。

名詞

雨(あめ)／雨　山(やま)／山　東京(とうきょう)／東京　鉛筆(えんぴつ)／鉛筆　猫(ねこ)／貓

例句：

- 雨(あめ)が降(ふ)る。／下雨。
- 私(わたし)は東京(とうきょう)に住(す)んでいる。／我住在東京。
- 山(やま)より高(たか)い。／比山高。
- これは鉛筆(えんぴつ)だ。／這是鉛筆。

動詞

降(ふ)る／下　起(お)きる／起床　咲(さ)く／（花）開
書(か)く／寫　ある／有

例句：

- 雨(あめ)が降(ふ)る。／下雨。
- 花(はな)が咲(さ)く。／花開。
- 七時(しちじ)に起(お)きる。／七點起床。
- 手紙(てがみ)を書(か)く。／寫信。

●**註：**體言：名詞。
用言：動詞、形容詞、形容動詞。

形容詞

美(うつく)しい／漂亮的　　白(しろ)い／白的　　恐(おそろ)しい／可怕的

寂(さび)しい／寂寞的

例句：

- 花(はな)は美(うつく)しい。／花很漂亮。
- 白(しろ)い雲(くも)が飛(と)ぶ。／白雲飄動。
- ガンは恐(おそろ)しい病気(びょうき)だ。／癌症是可怕的疾病。

形容動詞

素直(すなお)だ／老實　　好(す)きだ／喜歡　　爽(さわ)やかだ／清爽

静(しず)かだ／安靜　　綺麗(きれい)だ／漂亮

例句：

- 彼(かれ)は素直(すなお)だ。／他很老實。
- スポーツが大好(だいす)きだ。／很喜歡運動。
- 気分(きぶん)が爽(さわ)やかだ。／心情舒暢。
- ここは静(しず)かだ。／這裡很安靜。

副詞

にっこりと／微微地　　ごく／ 很　　さっそく／馬上

ずいぶん／相當　　ゆっくり／慢慢地　　けっして／絕對

例句：

- 彼(かれ)はにっこりと笑(わら)った。／他微微地笑了。
- この問題(もんだい)はごく易(やさ)しい。／這個問題很容易。

連體詞

この／這個　大(おお)きな／大的　あらゆる／所有的　ある／某

どの／哪個　いろんな／許多的、各式各樣的　こんな／這樣的

例句：

- この本(ほん)は面白(おもしろ)い。／這本書很有趣。
- 大(おお)きな声(こえ)で歌(うた)う。／大聲唱歌。
- あらゆる困難(こんなん)と戦(たたか)う。／挑戰所有的困難。

接續詞

それとも／還是要　および／及　あるいは／或　また／又

つまり／換言之　ですから／所以　しかし／但是　それで／因此

例句：

- 蜜柑(みかん)にしますか、それともリンゴ にしますか。／要橘子還是蘋果？
- 小学生(しょうがくせい)および中学生(ちゅうがくせい)の入場料(にゅうじょうりょう)は百円(ひゃくえん)です。／小學生及中學生的門票是一百元。

感嘆詞

あっ／哎呀　はい／是的　いいえ／不　うん／嗯

さあ／這個嘛　もしもし／喂、喂　ええと／啊；嗯

例句：

- ああ、困(こま)った。／啊，真傷腦筋！
- はい、分(わ)かりました。／是的，知道了。

助動詞

た／過、曾經　　ない／沒有　　そうだ／據說　　だ／是

れる／被、受　　らしい／似乎、好像

例句：

- 昨日雨が降った。／昨天下雨了。
- 新聞さえ読まない。／連報紙都不看。

助詞

が、に、で、と、の、を、へ、より、から

や、ばかり、さえ、でも、まで

例句：

- 五時に家を出る。／五點離開家。
- 病気で欠席する。／因病缺席。
- 君も行くのか。／你也去嗎？
- 紙と鉛筆。／紙和鉛筆。

2 品詞分類

<table>
<tr><td rowspan="10">自立語</td><td rowspan="3">用言</td><td>動詞</td><td>有活用，可做述語</td><td>語尾的最後一個字
都在う段上</td></tr>
<tr><td>形容詞</td><td>有活用，可做述語</td><td>語尾的最後一個字
是い</td></tr>
<tr><td>形容動詞</td><td>有活用，可做述語</td><td>語尾的最後一個字
是だ</td></tr>
<tr><td rowspan="4">體言</td><td>名詞</td><td rowspan="4">沒有活用，可做主語</td><td rowspan="9"></td></tr>
<tr><td>代名詞</td></tr>
<tr><td>形式名詞</td></tr>
<tr><td>數詞</td></tr>
<tr><td colspan="2">副詞</td><td>不能做主語，
用來修飾用言</td></tr>
<tr><td colspan="2">連體詞</td><td>不能做主語，
用來修飾體言</td></tr>
<tr><td colspan="2">接續詞
感動詞</td><td>不能做主語，
當修飾語跟術語</td></tr>
<tr><td rowspan="2">附屬語</td><td colspan="2">助動詞</td><td>有活用</td></tr>
<tr><td colspan="2">助詞</td><td>沒有活用</td></tr>
</table>

（活用：指有語尾變化。）

第二章 名詞

1 名詞

● **何謂名詞：**表示人或事物名稱的詞稱為名詞。

● **名詞的特點：**①沒有活用。②沒有單數複數變化。
③可做主語。④體言（名詞）。

● **名詞的功用：**

（1）**做主語：**雨(あめ)が降(ふ)る。／下雨。　鳥(とり)が鳴(な)く。／鳥啼。

（2）**做述語：**これは机(つくえ)だ。／這是桌子。

ここが会場(かいじょう)です。／這裡是會場。

（3）**做補語：**庭(にわ)で遊(あそ)ぶ。／在院子裡玩。

バスで会社(かいしゃ)に通(かよ)っている。／搭公車上班。

（4）**做目的語：**犬(いぬ)が肉(にく)を食(た)べる。／狗吃肉。

田中(たなか)さんが由紀子(ゆきこ)さんに鉛筆(えんぴつ)を渡(わた)した。
／田中把鉛筆遞給了由紀子。

● **名詞的種類**

普通名詞 通用於同一種類的事物者稱為普通名詞。

犬(いぬ)／狗	魚(さかな)／魚	紙(かみ)／紙	冬(ふゆ)／冬天

固有名詞 限用於一種事物，如地名、人名、畫名、山名、河名等的稱為固有名詞。

京都（きょうと）／京都	富士山（ふじさん）／富士山	太平洋（たいへいよう）／太平洋
源氏物語（げんじものがたり）／源氏物語	江戸川（えどがわ）／江戶川	

漢語名詞 由我國傳入或利用漢字的形、音等創造的詞稱為漢語名詞。

科学（かがく）／科學	社会（しゃかい）／社會	使用（しよう）／使用

外來語 從外國傳入的詞語稱為外來語。按原讀音，以片假名書寫。

ラジオ／收音機	テレビ／電視	ペン／筆	タバコ／香煙

數詞 表示事物的數量或順序、等級的詞稱為數詞。

一人（ひとり）／一個人	二個（にこ）／二個	三時（さんじ）／三點	四日（よっか）／四天
第五（だいご）／第五	いくら／多少	何番目（なんばんめ）／第幾個	

2｜代名詞

● **何謂代名詞：**代替「名詞」的詞。

● **代名詞的種類：**①人稱代名詞　②指示代名詞

● **人稱代名詞：**

	尊稱	等稱	單數	複數
第一人稱（自稱）	私（わたくし）／我	私（わたし）／我	私（わたし）／我	わたしたち／我們
第二人稱（對稱）	あなたさま／你	あなた／你	あなた／你	あなたがた／你們
第三人稱（他稱）	この方（かた）／這位	この人（ひと）／這位	彼（かれ）／他	彼（かれ）ら／他們
	その方（かた）／那位	その人（ひと）／那個人	彼女（かのじょ）／她	彼女（かのじょ）たち／她們
	あの方（かた）／那位	あのひと／那個人		
不定稱	どの方（かた）、どなたさま／哪位	どの人（ひと）、どなた／哪位	だれ／誰	

● **指示代名詞：**

	指示事物	指示場所	指示方向
近稱	これ／這個	ここ／這兒	こちら、こっち／這邊
中稱	それ／那個	そこ／那兒	そちら、そっち／那邊
遠稱	あれ／那個	あそこ／那兒	あちら、あっち／那邊
不定稱	どれ／哪個	どこ／哪兒	どちら、どっち／哪邊

※ **自稱：**指說話者本身，也就是第一人稱。

・私（わたし）は学生（がくせい）です。／我是學生。

※ **對稱：**指跟自己說話的人，也就是第二人稱。

・あなたは行（い）きますか。／你去嗎？

※ **他稱：**指說話者跟聽者以外的人，也就是第三人稱。

・彼（かれ）は佐藤（さとう）さんですか。／他是佐藤嗎？

※ **不定稱：**指對象不明確，也就是不一定或不知道的人。

・この方（かた）はどなたですか。／這位是什麼人？

※ 近稱： 指離說話者較近的事物或人。

・ これはあなたの鉛筆(えんぴつ)ですか。／這是你的鉛筆嗎？

※ 中稱： 指離聽話者較近的事物或人。

・ それは私(わたし)のです。／那是我的。

※ 遠稱： 指離聽話者及說話者都遠的事物或人。

・ あれは佐藤(さとう)さんのです。／那邊的是佐藤先生的。

● 代名詞的用法：

① 用來代替一個詞、詞組、一句話或一段文章，使語句簡練，避免語言上的重複。

・ ここにサインしてください。／請在這裡簽名。

（ここ是代名詞，它所指的可能是紙、簽名簿等。）

② 用人稱代名詞有尊敬和傲慢的語氣，使用時要注意對象、場合。

尊敬語氣： あなたは行(い)きますか／你去嗎？

傲慢語氣： お前(まえ)が行(い)け／你去！

③ 人稱代名詞和指示代名詞有近、中、遠、不定稱等用法。

- これはなんですか。／這是什麼？ —— 近稱
- それは鉛筆（えんぴつ）です。／那是鉛筆 —— 遠稱

※ 相同的一件事或一件東西，會因為說話者跟聽話者的立場不同而使用不同的代名詞，上面的「これ」跟「それ」就是很好的例子

※ 代名詞的用法和名詞的用法相同，可做主語、補語、目的語用。

ワン！

注意事項

※ 稱呼自己的時候無論是對長輩、同輩、晚輩一律用「わたし」就不會失禮。

3 形式名詞

● **何謂形式名詞：**具有名詞的形式與功能，但本身沒有實質的意義，必須借連體修飾語才能當主語或述語用。主要的形式名詞有こと、もの、とき、ところ、ため、はず、の、など等。

● **形式名詞的接續：**形式名詞通常是接續在活用詞（動詞、形容詞、形容動詞）或一個句子後面，使上面的詞或句子具有體言性質。

● **幾個主要形式名詞的用法：**

こと 活用語連體形＋こと，通常是指前面用言的內容或句子的內容。

・字を書くことがうまい。／字寫得很棒 —— 指寫字這件事。

もの 活用語連體形＋もの或體言＋の＋もの，指人、事或物。

・ガンは怖いものです。／癌症是很可怕的 —— 指癌這件事。

の 活用語連體形＋の，指人、事或物，有時可以用もの或こと代替。

・月日がたつのは速いものだ／時間過得很快 —— 指速度。

ところ 活用語連體形＋ところ，指事物的處所、範圍或行為發生的時間。

・ぼんやり立っているところを写真に撮られた。

／站著發呆的時候被偷拍 —— 指時間。

4 數詞

● **數詞**：表示事物的數量或順序、等級的詞稱為數詞。

● **數詞種類**：

① **基數詞** —— 用來計數的詞。

一（いち）、二（に）、三（さん）、四（し）……等。

一個（いっこ）、二本（にほん）、三枚（さんまい）、四冊（よんさつ）、五組（ごくみ）……等。

一人（ひとり）、二人（ふたり）、三才（さんさい）……等。

一月（いちがつ）、二日（ふつか）、三月（さんがつ）、四週（よんしゅう）、五時間（ごじかん）……等。

一円（いちえん）、二（に）センチ、三（さん）グラム……等。

② **序數詞** —— 表示事物順位的詞。

第一（だいいち）、二番（にばん）、三番目（さんばんめ）、四回目（よんかいめ）、五等（ごとう）……等。

ワン！

注意事項

※ 日語的數字唸法比較麻煩，尤其是四、七、九在唸法上要特別注意。

※ 一百、一千、一萬等的一通常省去不唸。

※ 基數詞和某些數字結合時，一、三、六、八、十、百會發生音便。

第三章 動詞

● **何謂動詞：**表示人、事、物的行為、動作或存在的詞稱為動詞。

● **動詞的特點：**①有活用。②可做述語。

● **動詞的功用：**

（1）**做主語：**負(ま)けるが勝(か)ち。／以退為進。

（2）**做述語：**母(はは)が弟(おとうと)を叱(しか)る。／媽媽責罵弟弟。

（3）**修飾體言：**私(わたし)は泣(な)く子(こ)が嫌(きら)い。／我討厭愛哭的小孩。

● **動詞的種類：**動詞按其形態及變化規則，又分為五段動詞、上一段動詞、下一段動詞、カ行變格動詞、サ行變格動詞。

1 五段動詞

● **何謂五段動詞：**五段動詞又稱為第一類動詞。這類動詞的基本形語尾都以「u」音結尾，如「う(u)」、「く(ku)」、「す(su)」、「つ(tsu)」、「ぬ(nu)」、「ふ(fu)」、「む(mu)」、「ゆ(yu)」、「る(ru)」的音。

● **常用的五段動詞：**

会(あ)う／見面	思(おも)う／想	走(はし)る／跑
歩(ある)く／走路、步行	買(か)う／買	吹(ふ)く／吹
行(い)く／去	聞(き)く／聽	呼(よ)ぶ／叫
押(お)す／按、押	死(し)ぬ／死	住(す)む／住
貸(か)す／借給、借出	開(あ)く／開	違(ちが)う／錯了
乾(かわ)く／乾、渴	言(い)う／說	続(つづ)く／繼續
困(こま)る／為難、困擾	泳(およ)ぐ／游泳	止(と)まる／停止
上(あ)がる／上升	送(おく)る／送	習(なら)う／學習
遊(あそ)ぶ／遊玩	帰(かえ)る／回去	入(はい)る／進入
急(いそ)ぐ／急、著急	切(き)る／切	待(ま)つ／等
怒(おこ)る／生氣	叱(しか)る／叱責	休(やす)む／休息
書(か)く／寫	知(し)る／知道	分(わ)かる／明白、知道
返(かえ)す／歸還、送回	出(だ)す／拿出	吸(す)う／吸
探(さが)す／尋找	作(つく)る／作	使(つか)う／使用
ある／有、在	通(とお)る／通過	包(つつ)む／包
洗(あら)う／洗	直(なお)る／修正、改正	なる／成為
打(う)つ／打	登(のぼ)る／登上	乗(の)る／搭乘

話(はな)す／說話　　着(つ)く／到達　　払(はら)う／付
持(も)つ／拿　　取(と)る／拿　　降(ふ)る／降、下
やる／做　　泣(な)く／哭泣　　読(よ)む／讀
頼(たの)む／拜託、請求　　飲(の)む／喝、飲

●五段動詞變化表

基本形	語幹	未然形	連用形	終止形	連體形	假定形	命令形
読(よ)む	読(よ)	読(よ)ま① 読(よ)も②	読(よ)み① 読(よ)ん②	読(よ)む	読(よ)む	読(よ)め	読(よ)め
書(か)く	書(か)	書(か)か① 書(か)こ②	書(か)き① 書(か)い②	書(か)く	書(か)く	書(か)け	書(か)け

●五段活用動詞的用法：

未然形

※ 未然形①＋ない。表示否定，中文意思是不、沒有。

・私は書(か)かない／我不寫；我沒寫。　（書(か)く）

※ 未然形②＋う。表示意志或推量，中文意思是……吧！

・字(じ)を書(か)こう／寫字吧！　（書(か)く）

※ 未然形①＋せる、れる。表示使役、被動、可能、自發，中文意思是讓、被、能。

・妹(いもうと)を泣(な)かせる／把妹妹弄哭。　（泣(な)く）

・母(かあ)さんに叱(しか)られる。／被媽媽罵。　（叱(しか)る）

連用形

※ 連用形①＋用言，構成連用法。

・書きやすいボールペン。／好寫的原子筆。　（書く）

※ 連用形①＋逗點，表示句子暫時停頓。

・西瓜も買い、梨も買います。／既買西瓜，也買梨子。　（買う）

※ 連用形②＋接續助詞或助動詞

・おなかの痛みが止まった。／肚子不痛了。　（止まる）

・電卓を使って答えを出す。／用計算機作答。　（使う）

・一ヶ月二、三冊雑誌を読みます。／一個月看二～三本雜誌。　（読む）

終止形

※ 終止形＋句點，表示句子終了。

・デパートへ買い物に行く。／去百貨公司購物。　（行く）

※ 終止形＋接續助詞が、けど、から、と……**等，構成接續式。**

・山に雪が降ると寒くなる。／山上一下雪，天就變冷了。　（降る）

・鯨は海に住むが、魚ではない。／雖然鯨魚住在海裡，但牠不是魚。　（住む）

※ 終止形＋そうだ、だろう、らしい……**等傳聞或推量助動詞。**

・春山君も東京に行くそうだ。／據說春山也要去東京。　（行く）

・彼は明日東京に行くらしい。／他明天好像要去東京。　（行く）

※ 終止形＋終助詞。

・そんな本を読むな。／別讀那種書。　（読む）

連體形

※ 連體形＋體言或形式名詞，做連體修飾語用。

- 佐藤さんは走るのが速いです。／佐藤跑得快。　（走る）
- 雑誌を読む人もいます。／也有人看雜誌。　（読む）

※ 連體形＋助詞のでヽのにヽだけヽほど**……等。**

- 見るだけならかまわない。／如果只是看的話沒關係。　（見る）
- 早く来いと言うのに未だ来ない。／明明叫他早點來卻還沒到。　（言う）

假定形

※ 假定形＋ば**。表示假定，中文意思是如果……就。**

- 明日雨が降れば、遠足は中止します。／明天如果下雨，遠足就取消。　（降る）
- 車で行けば、十五分もかかりはしない。／如果坐車去，花不到十五分鐘。　（行く）

命令形

※ 命令形＋句點或ろヽよ**，用來表示命令。**

- 早く話せ。／快點說！　（話す）

2 上一段動詞

● **何謂上一段動詞：**上一段動詞屬於第二類動詞，基本形語尾以「る」結尾，「る」前面的音都是在「い」段的「ｉ」音，如「い(ｉ)」、「き(ki)」、「し(shi)」、「ち(chi)」、「に(ni)」、「ひ(hi)」、「み(mi)」、「り(ri)」的音。

●常用的上一段動詞：

飽きる／厭膩
降りる／下、下來
着る／穿
足りる／足、夠
出来る／能、可以
生きる／活、有生氣
起きる／起來
試みる／嘗試
通じる／通、理解
似る／相似
いる／有、在、居住
落ちる／落下、降落
信じる／相信
閉じる／關閉
延びる／延長、延伸
帯びる／佩戴
感じる／感、感覺
過ぎる／過、經過、通過
満ちる／滿、充滿
用いる／用、使用

●上一段動詞變化表

基本形	語幹	未然形	連用形	終止形	連體形	假定形	命令形
起きる	起	起き	起き	起きる	起きる	起きれ	起きろ 起きよ
居る	○	居	居	居る	居る	居れ	居ろ 居よ

●上一段動詞的用法：

未然形

※ 未然形＋よう。表示意志或推量，中文意思是……吧！

・寒（さむ）いから、コートを着（き）よう。／天冷，穿上大衣吧！　（着（き）る）

※ 未然形＋ない。表示否定，中文意思是不，沒有。

・私（わたし）にはまだ出来（でき）ない。／我還不會；我還沒做好。　（出来（でき）る）

※ 未然形＋させる、られる。表示使役、被動、可能，中文意思是讓、叫、被、能。

・コートを着（き）させる。／讓他穿大衣。　（着（き）る）

連用形

※ 連用形＋用言或助詞。

・林（はやし）さんも出来（でき）ます。／林先生也會。　（出来（でき）る）

・寒いので、セーターを着（き）ている。／因為天冷，所以穿著毛衣。　（着（き）る）

※ 連用形＋逗點，表示句子暫停。

・上着（うわぎ）を着（き）て、出掛（でか）ける。／穿上上衣後出門去。　（着（き）る）

終止形

※ 終止形＋句點，表示句子終了。

・汚（きたな）い上着（うわぎ）を着（き）る。／穿上骯髒的上衣。　（着（き）る）

※ 終止形＋と、から、けど……等助詞。

・きっと出来（でき）るから、安心（あんしん）してください。／一定辦得到，請放心。　（出来（でき）る）

連體形

※ 連體形＋體言或形式名詞，做連體修飾語用。

・高価(こうか)なものを着(き)る必要(ひつよう)はないんです。／不需要穿昂貴的衣服。（着(き)る）

※ 連體形＋ので、のに……等助詞。

・毎朝(まいあさ)、早(はや)く起(お)きるので、体(からだ)が丈夫(じょうぶ)です。／因為每天早起，所以身體很好。（起(お)きる）

假定形

※ 假定形＋ば。表示假定，中文意思是如果……就。

・コートを着(き)れば、寒(さむ)くないでしょう。／穿上大衣就不會冷吧！（着(き)る）

命令形

※ 命令形＋句點。

・あのセーターを着(き)ろ。／去穿上那件毛衣！（着(き)る）

3 下一段動詞

● **何謂下一段動詞：**下一段動詞是屬於第二類動詞，這類動詞的基本形語尾都以「る」音結尾，「る」的前面一個音都是在「え」段的「e」音。如「え(e)」、「け(ke)」、「せ(se)」、「て(te)」、「ね(ne)」、「へ(he)」、「め(me)」、「れ(re)」的音。

●常用的下一段動詞：

上(あ)げる／舉起、給、增加
受(う)ける／受、收
遅(おく)れる／遲到
数(かぞ)える／數、計算
加(くわ)える／加、增加
知(し)らせる／通知
開(あ)ける／打開
終(お)える／做完、完結
考(かんが)える／想、思考
聞(きこ)える／聽得到
答(こた)える／回答
捨(す)てる／拋棄
与(あた)える／給、與
教(おし)える／教、告訴
掛(か)ける／掛上、花費、蓋上
決(き)める／決定
避(さ)ける／避
責(せ)める／責備
慌(あわ)てる／著慌
覚(おぼ)える／記得、記住
欠(か)ける／欠、不足
比(くら)べる／比較
調(しら)べる／調查
攻(せ)める／攻
添(そ)える／添、加
助(たす)ける／救、幫助
付(つ)ける／裝上、塗
届(とど)ける／送到
逃(に)げる／逃走
離(はな)れる／離開
求(もと)める／要求
育(そだ)てる／撫養

尋(たず)ねる／找尋、打聽

伝(つた)える／傳達

流(なが)れる／流、流傳

寝(ね)る／睡

経(へ)る／經過

止(や)める／停止、作罷

食(た)べる／吃

立(た)てる／立

出掛(でか)ける／出門

投(な)げる／投

述(の)べる／陳述

見(み)える／看得見

忘(わす)れる／忘記

倒(たお)れる／倒

建(た)てる／建立

出(で)る／出去

並(なら)べる／排列

始(はじ)める／開始

迎(むか)える／迎接

●下一段動詞變化表

基本形	語幹	未然形	運用形	終止形	連體形	假定形	命令形
受(う)ける	受(う)	受(う)け	受(う)け	受(う)ける	受(う)ける	受(う)けれ	受(う)けろ 受(う)けよ
寝(ね)る	○	寝(ね)	寝(ね)	寝(ね)る	寝(ね)る	寝(ね)れ	寝(ね)ろ 寝(ね)よ

●下一段動詞的用法：

未然形

※ 未然形＋よう。表示意志或推量，中文意思是……吧！

・店(みせ)を九時(くじ)に開(あ)け**よう**。／九點來開店吧！　（開(あ)ける）

※ 未然形＋ない。表示否定。中文意思是不，沒有。

・まだ始(はじ)め**ない**。／還沒開始。　（始(はじ)める）

※ 未然形＋させる、られる。表示被動、可能、使役，中文意思是被、能、讓、叫。

・乗客(じょうきゃく)が次々(つぎつぎ)と助(たす)け**られた**。／乘客一個個被救出。　（助(たす)ける）

連用形

※ 連用形＋用言或助詞。

・九時(くじ)から始(はじ)め**ます**。／九點開始。　（始(はじ)める）

・いま、太郎(たろう)に教(おし)え**ている**。／現在正在教太郎。　（教(おし)える）

※ 連用形＋逗點，表示句子暫停。

・右足(みぎあし)に傷(きず)を受(う)けて**、**歩(ある)けない。／因為右腳受傷，所以沒辦法走。　（受(う)ける）

終止形

※ 終止形＋句點，表示終了。

・佐藤（さとう）さんに電話番号（でんわばんごう）を教（おし）える。／告訴佐藤先生電話號碼。

（教（おし）える）

※ 終止形＋と、から、けど……等助詞。

・ドアを開（あ）けるとすぐ入（はい）りました。／一開門後，就馬上進去。

（開（あ）ける）

連體形

※ 連體形＋體言或形式名詞，做連體修飾語用。

・調（しら）べる必要（ひつよう）がありません。／沒有必要調查。　（調（しら）べる）

※ 連體形＋助詞ので、のに……等。

・夜早（よるはや）く寝（ね）るのに、朝早（あさはや）く起（お）きられない。／晚上很早睡，早上卻無法早起。

（寝（ね）る）

假定形

※ 假定形＋ば。表示假定，中文意思是如果……就。

・彼（かれ）に住所（じゅうしょ）を教（おし）えれば一人（ひとり）で行（い）けます。／告訴他地址，他就能自己去。

（教（おし）える）

命令形

※ 命令形＋句點。

・早（はや）く始（はじ）めろ。／快點開始！　（始（はじ）める）

變格動詞

● **何謂變格動詞：**日語中有些動詞不像五段、上一段、下一段一樣有變化的規則，這種動詞我們叫做變格動詞，又稱為第三類動詞，屬於這類動詞的有「来（く）る」和「する」。其中「来（く）る」因在カ行上做不規則的變化，稱為カ行變格動詞；「する」在サ行做不規則變化，稱為サ行變格動詞。

4 カ行變格動詞

● カ行變格動詞變化表

基本形	語幹	未然形	連用形	終止形	連體形	假定形	命令形
来(く)る	○	来(こ)	来(き)	来(く)る	来(く)る	来(く)れ	来(こ)い

● カ行變格動詞的用法

未然形

※ 未然形＋よう。表示意志或推量，中文意思是……吧！

・明日(あした)はまたここに来(こ)よう。／明天再來這裡吧！　（来(く)る）

※ 未然形＋ない。表示否定，中文意思是不，沒有。

・山川君(やまかわくん)はまだ来(こ)ない。／山川還沒來。　（来(く)る）

※ 未然形＋させる、られる。表示被動、可能、尊敬、使役。

・社長(しゃちょう)も来(こ)られるそうです。／據說社長也要來。　（来(く)る）

連用形

※ 連用形＋用言或助詞。

・昨日(きのう)佐藤君(さとうくん)が私(わたし)のうちに来(き)た。／昨天佐藤來我家。　（来(く)る）

・いま、お客(きゃく)さんがうちに来(き)ています。／現在，有客人在我家。　（来(く)る）

※ 連用形＋逗點，表示句子暫停。

・今日の座談会には先生も来、学生も来ます。／老師和學生都會來今天的座談會。　（来る）

終止形

※ 終止形＋句點，表示句子終了。

・山下君は朝早く来る。／山下一大早會來。　（来る）

※ 終止形＋と、から、けど……等助詞。

・秋が来ると涼しくなる。／一到秋天，天就轉涼了。　（来る）

連體形

※ 連體形＋體言或形式名詞，做連體修飾語用。

・来るときは通知してほしい。／來時希望你通知我一聲。（来る）

※ 連體形＋助詞ので、のに、など、ようだ……等。

・皆来るので、僕も来た。／因為大家都來，所以我也來了。（来る）

假定形

※ 假定形＋ば。表示假定，中文意思是如果……就。

・秋山君が来れば分かる。／秋山來的話就知道了。

（来る）

命令形

※ 命令形＋句點。

・明日は早く来い。／明天早點來！　（来る）

5 | サ行變格動詞

● サ行變格動詞變化表

基本形	語幹	未然形	連用形	終止形	連體形	假定形	命令形
する	○	し、せ、さ	し	する	する	すれ	せよ しろ

● 常用的サ行變格動詞：

- 愛(あい)する／愛
- 完成(かんせい)する／完成
- 出発(しゅっぱつ)する／出發
- 紹介(しょうかい)する／介紹
- する／做
- 世話(せわ)する／照顧
- 発見(はっけん)する／發現
- びっくりする／吃驚
- 満足(まんぞく)する／滿足
- 運動(うんどう)する／運動
- 関(かん)する／關於
- 連絡(れんらく)する／聯絡
- 心配(しんぱい)する／擔心
- 成功(せいこう)する／成功
- 相談(そうだん)する／商量
- 発表(はっぴょう)する／發表
- 返事(へんじ)する／回答
- 理解(りかい)する／理解
- 我慢(がまん)する／忍耐
- 研究(けんきゅう)する／研究
- 出席(しゅっせき)する／出席
- 進歩(しんぽ)する／進步
- 整理(せいり)する／整理
- 電話(でんわ)する／打電話
- 反対(はんたい)する／反對
- 報告(ほうこく)する／報告
- 旅行(りょこう)する／旅行
- 運転(うんてん)する／開車
- サインする／簽名
- 準備(じゅんび)する／準備
- 信用(しんよう)する／信任
- 説明(せつめい)する／說明
- 到着(とうちゃく)する／抵達
- パスする／錄取
- 訪問(ほうもん)する／拜訪
- 練習(れんしゅう)する／練習

●サ行變格動詞的用法：

未然形

※ 未然形し＋よう。表示意志或推量，中文意思是…吧！

・ これから大(おお)いに勉強(べんきょう)しよう。／從現在起努力用功吧！ (する)

※ 未然形し＋ない。表示否定，中文意思是不、沒有。

・ 何(なに)もしない。／什麼也不做。 (する)

※ 未然形さ＋せる、れる。表示使役、被動、可能的助動詞。

・ もっと彼(かれ)に勉強(べんきょう)をさせよう。／逼他再用功點。 (する)

連用形

※ 連用形＋用言或助動詞。

・ これからもっと勉強(べんきょう)します。／從現在開始要更用功。 (する)

※ 連用形＋逗點，表示句子暫停。

・ これから運動(うんどう)もし、勉強(べんきょう)もする。／從現在起既要運動，也要讀書。 (する)

終止形

※ 終止形＋句點，表示句子終了。

・ 明日(あした)する。／明天做。 (する)

※ 終止形＋が、と、から、けど……等助詞。

・ 寒気(さむけ)がするが熱(ねつ)はない。／雖然感到身體發寒，但沒有發燒。 (する)

※ 終止形＋そう、らしい、だろう……等助詞。

・ よく勉強(べんきょう)するそうである。／據說非常用功。 (する)

連體形

※ 連體形＋體言或形式名詞，做連體修飾語用。

・ほかに相談(そうだん)する相手(あいて)は誰(だれ)もいない。／此外沒有人可以商量。

（する）

※ 連體形＋ので、のに、など、ようだ……等助詞。

・勉強(べんきょう)するのに、運動(うんどう)はちっともしない。／雖然用功，卻完全不運動。　（する）

假定形

※ 假定形＋ば。表示假定，中文意思是如果……就。

・勉強(べんきょう)すれば成績(せいせき)はよくなる。／用功的話成績就會好。（する）

命令形

※ 命令形＋句點。

・早(はや)くしろ。／快點做！　（する）

6 自動詞、他動詞

● **何謂自動詞**：行為、動作是自發的，沒有直接涉及到其他事物的詞稱為自動詞，相當於英文的不及物動詞。

● **何謂他動詞**：行為、動作直接涉及到某件事物的詞稱為他動詞，相當於英文的及物動詞。

● **自動詞與他動詞的分類：**

自動詞	他動詞
いる／有、在	無
ある／有	無
行く／去	無
来る／來	無
無	買う／買
無	打つ／打
無	読む／讀

自動詞	他動詞
開く／開	開ける／打開
帰る／回去	帰す／歸還
動く／動	動かす／發動
出る／出、出來	出す／拿出、取出
通る／通過	通す／通過
浮く／浮	浮かす／使…浮起來
変わる／變	変える／改變
代わる／代替	代える／替換

● 自動詞與他動詞在用法上的不同：

自動詞	他動詞
・風(かぜ)が吹(ふ)く。／風吹。	・笛(ふえ)を吹(ふ)く。／吹笛。
・枝(えだ)が折(お)れる。／樹枝斷了。	・枝(えだ)を折(お)る。／折斷樹枝。
・目(め)が覚(さ)める。／睡醒。	・目(め)を覚(さ)ます。／喚醒。

ワン！

注意事項

※ 一般而言，他動詞做述語時上面通常要接目的語。

※ 很多五段活用動詞是用語尾的不同來區分自動詞和他動詞，語尾為「る」的是自動詞，語尾為「す」的是他動詞。如「覚(さ)める」的語尾是「る」，為自動詞；「覚(さ)ます」的語尾是「す」，為他動詞。

※ 有些動詞既可做自動詞也可做他動詞，這種動詞叫自他動詞。

※ 通常，以動詞下面所接的助詞來判斷自動詞或他動詞，接「が」是自動詞，接「を」是他動詞，但也有不少的例外情形。

7 補助動詞

● **何謂補助動詞**：動詞在句中失去原來的意思和獨立性，而是在其他詞後面做補助作用，這種情形叫補助動詞。

● **主要的補助動詞**：てある、ている、てくる、てみる、てくれる、てもらう、ていく、てみせる、てください、てあげる、ておく、てしまう……等。

● **補助動詞的特點**：接在動詞連用形下面，做補助說明的作用。

● **幾個補助動詞的用法**：

①てある－**表示動作所造成的狀態一直持續下去，中文的意思是……著。**

- 窓(まど)があけてある。／窗戶開著。
- 絵(え)が壁(かべ)にかけてある。／畫掛在牆上。

②ている－**表示動作還在持續進行或作用的結果還持續存在著，中文意思是正在……，在……。**

- 次郎(じろう)が泣(な)いている。／次郎在哭。
- 花瓶(かびん)が割(わ)れている。／花瓶破了。

③てしまう－**表示某項動作的完成或結束，中文意思是……了，……完了。**

・本を読んでしまった。／把書看完了。

・お菓子を全部食べてしまう。／要把點心全部吃完。

④てみる－**表示試著做某項行動，中文意思是做看看、試試看、試一下。**

・電話をかけてみましょう。／打通電話試看看。

・一つだけ食べてみる。／吃一個試試看。

⑤てくる－**表示由遠而近的變化，中文意思是……來了，一般用過去式。**

・父が山から帰ってきた。／父親從山上回來了。

てくる－**也表示動作的發生或開始，中文意思是……起來，一般用過去式。**

・雪が降ってきた。／下起雪來了。

⑥てくれる－**表示別人幫自己或和自己關係密切的人做事，中文意思是給我（我們）……。**

・兄さんは新しい靴を買ってくれた。／哥哥為我買了新鞋。

・由紀子さんが教えてくれました。／由紀子告訴我了。

第四章

形容詞、形容動詞

1 形容詞

● **何謂形容詞：**表示人的感覺、感情，以及事物的性質、狀態的詞稱為形容詞。

● **形容詞的特點：**①有活用。②可單獨做述語用，其基本形都是以い做結尾。

●常用的形容詞：

表示客觀事物的性質、狀態之形容詞：

赤(あか)い／紅的　汚(きたな)い／骯髒的　深(ふか)い／深的
厚(あつ)い／厚的　少(すく)ない／少的　悪(わる)い／不好的
軽(かる)い／輕的　速(はや)い／快的　青(あお)い／藍色的
狭(せま)い／窄的　良(よ)い／好的　硬(かた)い／硬的
長(なが)い／長的　甘(あま)い／甜的　黒(くろ)い／黑的
短(みじか)い／短的　大(おお)きい／大的　小(ちい)さい／小的
明(あか)るい／明朗的　暗(くら)い／暗的　丸(まる)い／圓的
重(おも)い／重的　近(ちか)い／近的

表示主觀的感情或感覺之形容詞：

熱(あつ)い／熱的　面白(おもしろ)い／有趣的　嬉(うれ)しい／高興的
可笑(おか)しい／可笑的　懐(なつ)かしい／懷念的　苦(くる)しい／痛苦的
怖(こわ)い／可怕的　痛(いた)い／痛的
暖(あたた)かい／溫暖的　悲(かな)しい／悲傷的

● **形容詞的功用：**

(1) **做述語：**桜(さくら)が美(うつく)しい。／櫻花很漂亮。

(2) **修飾體言：**白(しろ)い雲(くも)が飛(と)ぶ。／白雲飄著。

(3) **修飾用言：**母(はは)が寂(さび)しく笑(わら)った。／媽媽孤寂地笑了。

●**形容詞的變化：**形容詞和動詞一樣，語尾也會產生變化，它的變化過程如下：

基本形	語幹	未然形	連用形	終止形	連體形	假定形
高(たか)い	高(たか)	高(たか)かろ	高(たか)く 高(たか)かっ	高(たか)い	高(たか)い	高(たか)けれ
美(うつく)しい	美(うつく)し	美(うつく)しかろ	美(うつく)しく 美(うつく)しかっ	美(うつく)しい	美(うつく)しい	美(うつく)しけれ

●形容詞的用法：

未然形

※ 未然形＋う，表示推量，中文意思是……吧！

・冬(ふゆ)になると、気候(きこう)が寒(さむ)かろう。／這裡一到冬天，就會變得很冷吧！ （寒(さむ)い）

・そんな事(こと)はなかろう。／不會有這種事吧！ （ない）

連用形

※ 連用形く＋ない，中文意思是沒……、不……。

・彼女(かのじょ)はちっとも優(やさ)しくない。／她一點也不溫柔。 （優(やさ)しい）

※ 連用形く＋用言，做連用修飾語用。

・空(そら)が明(あか)るくなった。／天空變晴朗了。 （明(あか)るい）

・花(はな)が美(うつく)しく咲(さ)く。／花開得很漂亮。 （美(うつく)しい）

※ 連用形く＋逗點，表示句子暫時中止。

・山は高く、川は清い。／山高，水清。　(高い)

※ 連用形く＋接續助詞，構成接續式。

・どんなに苦しくても我慢する。／再怎麼苦也忍耐著。

(苦しい)

※ 連用形かっ＋た，表示過去。

・昨日の雨は激しかった。／昨天的雨很大。　(激しい)

終止形

※ 終止形＋句點，表示句子終了。

・冬の朝はとても寒い。／冬天的早晨非常冷。　(寒い)

※ 終止形＋助動詞だろう、らしい、そうだ……**等，表示推量。**

・今ごろ北海道は寒いだろう。／現在北海道大概很冷吧！

(寒い)

※ 終止形＋連續助詞が、と、から……**等，構成接續式。**

・日本の冬は寒いから嫌いだ。／日本冬天冷，所以不喜歡。

(寒い)

連體形

※ 連體形＋體言，做連體修飾語。

・白(しろ)いスニーカーを買(か)いました。／買了白色的運動鞋。 (白(しろ)い)

※ 連體形＋助詞ので、のに**……等。**

・寒(さむ)いのに、上着(うわぎ)を着(き)ない。／天冷卻不穿外衣。 (寒(さむ)い)

假定形

※ 假定形＋ば**，構成假定式，中文意思是如果……就。**

・安(やす)ければ買(か)いましょう。／如果便宜的話就買吧！ (安(やす)い)

ワン！

注意事項

※ 形容詞的未然形在會話上已經很少用了，表示推量時一般以「終止形＋でしょう」來代替。

※ 形容詞的否定形跟動詞不一樣，是接在連用形後面，而不是接在未然形後面。

※ 形容詞沒有命令形。

※ 形容詞語幹後面接「み」或「さ」可以當名詞用。

2 形容動詞

● **何謂形容動詞**：在描寫事物性質、狀態方面類似形容詞，但在活用上面卻近似動詞的詞稱為形容動詞。

● **形容動詞的特點**：① 活用語。② 以「だ」為語尾。③ 能做述語、連體修飾語、連用修飾語。④ 語幹可當做獨立文節。

● **常用的形容動詞：**

以 和語＋だ 構成的形容動詞：

明(あき)らかだ／明亮的	静(しず)かだ／安靜的	朗(ほが)らかだ／晴朗的
速(すみ)やかだ／迅速的	素直(すなお)だ／坦率的	賑(にぎ)やかだ／熱鬧的
柔(やわ)らかだ／柔軟的	確(たし)かだ／確實的	豊(ゆた)かだ／豐富的

以 漢語＋だ 構成的形容動詞：

簡単(かんたん)だ／簡單	正直(しょうじき)だ／正直	特別(とくべつ)だ／特別
上手(じょうず)だ／高明	駄目(だめ)だ／不行	親切(しんせつ)だ／親切
大切(たいせつ)だ／重要	見事(みごと)だ／精彩	大変(たいへん)だ／不得了
必要(ひつよう)だ／必要	健康(けんこう)だ／健康	便利(べんり)だ／方便
綺麗(きれい)だ／漂亮	好(す)きだ／喜歡	

以 外來語＋だ 構成的形容動詞：

ノーマルだ／標準的

デリケートだ／敏感的

センチメンタルだ／感傷的

● **形容動詞的功用：**

(1) **做述語：**あそこは静(しず)かだ。／那一帶滿安靜的。

(2) **修飾體言：**アメリカは遥(はる)かな国(くに)ですね。／美國真是個遙遠的國家啊！

(3) **修飾用言：**風(かぜ)が静(しず)かに吹(ふ)く。／風徐徐地吹。

● **形容動詞變化表：**

基本形	語幹	未然形	連用形	終止形	連體形	假定形
静(しず)かだ	静(しず)か	静(しず)かだろ	静(しず)かだっ 静(しず)かで 静(しず)かに	静(しず)かだ	静(しず)かな	静(しず)かなら
静(しず)かです	静(しず)か	静(しず)かでしょ	静(しず)かでし	静(しず)かです	(です)	○

● **形容動詞的用法：**

未然形

※ 未然形＋う。表示推測，中文意思是……吧！

・ 町(まち)は賑(にぎ)やかだろう。／街上熱鬧吧！　　　(賑(にぎ)やかだ)

連用形

※ 連用形に＋用言，做連用修飾語用。

- 風は静かに吹く。／風徐徐地吹。　（静かだ）

※ 連用形で＋（は）ない或ある，表示否定與肯定。

- 波は静かである。／浪靜。　（静かだ）
- 波は静かで（は）ない。／風浪不平穩。　（静かだ）

※ 連用形で＋逗點，表示句子暫時停止。

- 周囲は綺麗で、庭も広い。／四周漂亮，院子也寬廣。　（綺麗だ）

※ 連用形だっ＋た，表示過去。

- 風は静かだった。／風靜了。　（静かだ）

終止形

※ 終止形＋句點，表示句子終了。

- あそこは静かだ。／那兒滿安靜的。　（静かだ）

※ 終止形＋傳聞形容詞そうだ，表示推測，中文意思是據說。

- 佐藤さんの奥さんは綺麗だそうだ。／據說佐藤先生的太太滿漂亮的。　（綺麗だ）

※ 終止形＋が、から、と……等接續助詞，構成接續式。

- 図書館は静かだから、よく勉強できる。／圖書館安靜，所以可以好好讀書。　（静かだ）

連體形

※ 連體形＋助詞、名詞……等，構成接續式。

・ あそこは静かなところです。／那裡是個安靜的地方。

（静かだ）

※ 連體形＋助詞ので、のに**……等，構成接續式。**

・ あまり静かなので、ちょっと寂しい。／太安靜了，有點寂寞。

（静かだ）

假定形

※ 假定形なら（ば）**，表示假定或條件，中文意思是……的話。**

・ そんなに静かなら（ば）行ってみたい。／真的那麼安靜的話，我想去看看。

（静かだ）

ワン！

注意事項

※ 形容動詞的語幹＋「み」、「さ」可以當名詞使用。

3 特殊形容動詞

● **何謂特殊形容動詞：**日語中有幾個形容動詞的語尾變化特殊，稱之為特殊形容動詞。

● **特殊形容動詞：**同(おな)じだ、こんなだ、そんなだ、あんなだ、どんなだ。

● 特殊形容動詞活用表：

基本形	語幹	未然形	連用形	終止形	連體形	假定形
同(おな)じだ	同(おな)じ	同(おな)じだろ	同(おな)じだっ 同(おな)じで 同(おな)じに	同(おな)じだ	同(おな)じ	同(おな)じなら
こんなだ	こんな	こんなだろ	こんなだっ こんなで こんなに	こんなだ	こんな	こんななら

4 音便

● **何謂音便：**為了發音方便，用某一個音代替原來的發音，這種情形叫音便。

● **音便的條件：**①若是動詞，一定是五段活用動詞。②只在連用形時發生音便。③一定要接「て」、「ては」、「ても」、「た」、「たり」時才會發生變化。

● **音便的種類：**①イ音便　②促音便　③撥音便

● **動詞的音便**

イ音便：カ行、ガ行的動詞連用形後面如果接た、たり、て…等時，語尾的き、ぎ都會產生音便，變成い，而ガ行動詞不但語尾變成い，下面的た、たり、て等也會變成濁音だ、だり 、で。

カ行動詞	書(か)く	書(か)き＋て　→ 書(か)い＋て　→ 書(か)いて
		書(か)き＋たり → 書(か)い＋たり → 書(か)いたり
		書(か)き＋た　→ 書(か)い＋た　→ 書(か)いた
ガ行動詞	急(いそ)ぐ	急(いそ)ぎ＋て　→ 急(いそ)い＋て　→ 急(いそ)いで
		急(いそ)ぎ＋たり → 急(いそ)い＋たり → 急(いそ)いだり
		急(いそ)ぎ＋た　→ 急(いそ)い＋た　→ 急(いそ)いだ

促音便：タ行、ラ行、ワ行的動詞連用形後面如果接た、たり、て、ても、ては等時，語尾的ち、り、い也會產生音便，變成っ。

タ行動詞	立(た)つ	立(た)ち＋て　→ 立(た)っ＋て　→ 立(た)って
		立(た)ち＋たり → 立(た)っ＋たり → 立(た)ったり
		立(た)ち＋た　→ 立(た)っ＋た　→ 立(た)った

撥音便：ナ行、バ行、マ行的動詞連用形後面如果接た、たり、て、ても、ては等時，語尾的に、び、み也會產生音便，變成ん。而下面的た、たり、て、ても、ては等也變成濁音だ、だり、で、でも、では。

ナ行動詞	死(し)ぬ	死(し)に＋て　→ 死(し)ん＋て　→死(し)んで
		死(し)に＋たり → 死(し)ん＋たり → 死(し)んだり
		死(し)に＋た　→ 死(し)ん＋た　→死(し)んだ

● **形容詞的音便條件：**形容詞連用形接ございます或存(ぞん)じます時く會變成う。

● **形容詞的音便種類有下列三種：**

語幹的最後一個音在ウ段或オ段的形容詞。	
重(おも)い	重(おも)く＋ございます → 重(おも)うございます
熱(あつ)い	熱(あつ)く＋ございます → 熱(あつ)うございます

語幹的最後一個音在ア段的形容詞。	
高(たか)い	高(たか)く＋存(ぞん)じます → 高(たか)う存(ぞん)じます
ありがたい	ありがたく＋ございます → ありがとうございます

語幹的最後一個音在イ段的形容詞。	
よろしい	よろしく＋ございます → よろしゅうございます
美(うつく)しい	美(うつく)しく＋ございます → 美(うつく)しゅうございます

副詞　連體詞　接續詞　感嘆詞

1 副詞

● **副詞**：用來修飾用言（動詞、形容詞、形容動詞）的詞稱為副詞。

● **副詞的種類**：①狀態副詞　②程度副詞　③敘述副詞

● **副詞的特點**：①不能接助動詞。②部份程度副詞可接「の」做連體修飾。

● **狀態副詞**：

常用的狀態副詞

あらかじめ／預先
暫（しばら）く／暫時
そっと／悄悄地
ときどき／時而
やはり／還是
なかなか／很
とうとう／終於、到底
いきなり／忽然
じっと／一動也不動
たびたび／再三
ふたたび／再、又
すぐ／馬上
はっきり／清清楚楚
いっさい／一切、一概
すっかり／全、都
ついに／終於、到底
また／也
すでに／已經
ゆっくり／慢慢地
かねて／早就
すべて／總、全部
やがて／不久
だんだん／漸漸

接續：狀態副詞＋用言

用法：表示該動作、行為的狀況，主要是用來修飾動詞。

・富士山（ふじさん）ははっきり見（み）えた。／可以清清楚楚地看到富士山。

・すぐ行（い）きます。／馬上過去。

● 程度副詞：

常用的程度副詞

いっそう／更
ずいぶん／相當、很
ちょっと／一點、暫且
もっと／還、再
わずか／僅僅
かなり／很、相當
ずっと／一直
なお／尚、還
もっとも／最
ごく／極、很
たいへん／變、甚
はなはだ／甚、很
やや／稍
すこし／少、稍微
ただ／只、淨
もう／再、已經
よほど／很

接續：程度副詞＋用言、其他副詞、名詞。

用法：表示其狀態的程度，主要是用來修飾用言。

・今日（きょう）はずいぶん寒（さむ）い。／今天很冷。

・すこししか知（し）りません。／只知道一些。

● 敘述副詞：

常用的敘述副詞

決して／絕…不
まるで／好像
たとえ／即使
いったい／究竟
いずれも／都
あたかも／好像
ちっとも／一點也…不
たぶん／大概
なぜ／為什麼
どうして／怎麼
めったに／不常
あまり／不太
まったく／完全
ちょうど／正好、好像
もし／假如
すこしも／毫不
ぜひ／一定、總得
なんと／多麼
おそらく／恐怕
いつ／幾時
さぞ／想必

接續：敘述副詞＋詞、述語。

用法：用來限制修飾語的敘述方法。

・ あの人は嘘を決して言わない。／那個人絕不會說謊。
・ なぜ行かないか。／為什麼不去？

ワン！

注意事項

※ 副詞本來是要修飾用言（動詞、形容詞、形容動詞）的，但有些程度副詞除了可以修飾用言外，還能修飾體言（名詞），像「もっと」、「ずっと」、「たいそう」、「やく」等都是。

※ 日語裡有很多擬聲副詞、擬態副詞，主要用於描述狀態或聲音，像「ははあと笑い出した」中的「ははあ」是笑的聲音。

2 連體詞

- **連體詞：**位於體言（名詞）上面，用來修飾體言的詞稱為連體詞。
- **連體詞的特點：**①沒有活用。②不能做主語。
- **連體詞的接續：**連體詞＋體言

① 由名詞轉化而來的連體詞

—— この、その、あの、こんな、どんな……等。

- この本は面白くない。／這本書不精彩。
- どの部屋にいますか？／在哪個房間？
- どんな音楽が好きですか？／喜歡什麼音樂？

② 由形容詞轉化而來的連體詞

—— 大きな、小さな、いろんな……等。

- もっと小さなサイズはありませんか。／有沒有更小尺寸的？
- 彼は大きな声で怒鳴った。／他大聲怒吼。

③ 由動詞轉化來的連體詞

—— ある、いかなる、いわゆる、あらゆる……等。

- ある人から聞いた噂。／從某人那兒聽來的消息。
- 世界中のあらゆる国々。／世界上所有的國家。

ワン！

注意事項

※ 除了上面幾種連體詞外，也有由副詞轉來的連體詞，像「ずっと」、「かなり」、「ごく」……等。

3 接續詞

- **接續詞：**放在詞和詞或句和句之間，用來連接上、下句的獨立詞稱為接續詞。
- **接續詞的特點：**①沒有活用。②不能做主語、述語、修飾語。
- **連體詞的接續：**句子（詞）＋連續詞＋句子（詞）
- **接續詞的種類：**

表示並列的接續詞

及び／及、和　　　並びに／及、和　　　また／又、還

- 野球もし、またテニスもする。／既打棒球又打網球。
- この用紙に住所および氏名を記入してください。／請在這張紙上寫下住址及姓名。

表示添加後的接續詞

なお／並且、還　　そして／而、然後　　それから／再、然後
それに／又、且　　そのうえ／而且　　おまけに／而且、然後
しかも／而且

- 鈴木君は勉強ができる、そのうえ運動も得意だ。／鈴木很會讀書而且又擅長運動。
- 学校から帰ってきた。そしてすぐ塾へ行った。／從學校回來，然後馬上去補習班。

表示選擇的接續詞

それとも／還是　または／或　あるいは／或　また／又

もしくは／或

- 明日は雪または雨でしょう。／明天大概會下雪或下雨吧！
- あなたが行きますか、それとも由紀子が行きますか。／是你去還是由紀子去呢？

表示條件的接續詞

順接：

だから／所以　そこで／於是　すなわち／則、於是

それで／因此、才　では／那麼　したがって／因此

それでは／那麼　そうすると／那樣的話　そのゆえ／因此、所以

逆接：

しかし／可是、然而　それなのに／可是、然而　が／可是

だって／可是　けれど(も)／可是、然而　ただし／但是

ところが／雖然、可是　しかしながら／可是、然而　だが／但是

- 昨日雨が降った。だから、道が悪い。／昨天下雨，所以道路狀況不好。
- 春が来た。しかし、まだ寒い。／春天已經來了，可是還是很冷。

4 感嘆詞

● **感嘆詞：**表達說話者感動的心情或用於應答、呼喚別人的詞稱為感嘆詞。

● **感嘆詞的性質：**① 沒有活用。② 不能做主語、述語、修飾語、接續語。③ 有時可以單獨成一個句子。

● **感嘆詞的種類及用法：**

① 表示感嘆的感嘆詞

—— あ、あら、まあ、あれ、これはこれは……等，中文意思是啊，呀。

・ああ、嬉（うれ）しい！／啊，好高興！

・あら、どうしたの？／啊，怎麼了？

② 表示呼喚的感嘆詞

—— もしもし、こら……等。

・もしもし、田中（たなか）さんですか。／喂喂，田中先生嗎？

・こら、待（ま）て。／喂，站住！

③ 表示應答的感嘆詞

—— いや、いいえ、はい、うん……等。

・はい、よく分（わ）かりました。／是，知道了。

・いや、そんなことはない。／不，沒那回事。

第六章 助動詞

1 使役助動詞せる、させる

●使役助動詞せる、させる的變化表：

基本形	未然形	連用形	終止形	連體形	假定形	命令形
せる	せ	せ	せる	せる	せれ	せよ、せろ
させる	させ	させ	させる	させる	させれ	させよ、させろ

● 接續：

① 五段動詞未然形、サ變動詞未然形＋せる

・弟に絵を書かせる。／讓弟弟畫圖。　（書く→書かせる）

② 五段以外的動詞未然形＋させる

・お正月には子供に晴着を着させる。／新年讓小孩子穿著盛裝。

（着る→着させる）

● 用法：表示讓別人做某種行為、動作，中文意思是使、叫、讓、要、令。

・私は妹に東京へ行かせた。／我要妹妹去東京。

（行く→行かせる）

・今夜十時までに来させろ。／叫他今夜十點以前來。

（来る→来させる）

2 被動助動詞れる、られる

● 被動助動詞れる、られる的變化表：

基本形	未然形	連用形	終止形	連體形	假定形	命令形
れる	れ	れ	れる	れる	れれ	○
られる	られ	られ	られる	られる	られれ	○

● 接續：

① 五段動詞未然形、サ變動詞未然形＋れる

・私(わたし)は母(はは)に呼(よ)ばれて、台所(だいどころ)へ行った。／我被媽媽叫到廚房去。

（呼(よ)ぶ→呼(よ)ばれる）

② 五段以外的動詞未然形＋られる

・彼(かれ)は先生(せんせい)に褒(ほ)められた。／他受到了老師的稱讚。

（褒(ほ)める→褒(ほ)められる）

● 用法：表示承受別人的動作或其他外力作用，中文意思是被、給、為……所、受。

・犬(いぬ)にかまれる。／被狗咬。　（かむ→かまれる）

・ケーキを妹(いもうと)に食(た)べられた。／蛋糕被妹妹吃掉了。

（食(た)べる→食(た)べられる）

3 可能助動詞れる、られる

● 可能助動詞れる、られる的變化表：

基本形	未然形	連用形	終止形	連體形	假定形	命令形
れる	れ	れ	れる	れる	れれ	○
られる	られ	られ	られる	られる	られれ	○

● 接續：

① 五段動詞未然形、サ變動詞未然形＋れる

但為了與敬語和被動形態做區隔，五段動詞的可能形態變化，多是將語尾的「う段」字，改為「え段」字後再接「る」；サ變動詞的可能形態變化，則是サ變動詞語幹＋「できる」。

・バスでしたら二十分（にじゅっぷん）で行（い）けます。／公車的話二十分就能到。
（行（い）く→行（い）かれる→行（い）ける）

② 五段以外的動詞未然形＋られる

・明日（あした）は来（こ）られるか。／明天能來嗎？　（来（く）る→来（こ）られる）

● 用法：表示主語有能力做某種事情，中文意思是可以、能、足以。

・私（わたし）も泳（およ）げます。／我也能游。　（泳（およ）ぐ→泳（およ）がれる→泳（およ）げる）
・外（そと）に出（で）られるか。／能出去外面嗎？　（出（で）る→出（で）られる）

4 敬語助動詞れる、られる

● 敬語助動詞れる、られる的變化表：

基本形	未然形	連用形	終止形	連體形	假定形	命令形
れる	れ	れ	れる	れる	れれ	○
られる	られ	られ	られる	られる	られれ	○

● 接續：

① 五段動詞未然形、サ變動詞未然形＋れる

・先生(せんせい)はいつごろ帰(かえ)られますか。／老師什麼時候回來？

（帰(かえ)る→帰(かえ)られる）

② 五段以外的動詞未然形＋られる

・王(おう)さんは毎朝(まいあさ)六時(ろくじ)に起(お)きられる。／王先生每天早上六點就起床。

（起(お)きる→起(お)きられる）

● **用法**：對行為或動作的主體表示敬意，中文的意思沒有辦法翻譯出來。

・課長(かちょう)はまだ来(こ)られませんか。／課長還沒來嗎？

（来(く)る→来(こ)られる）

・部長(ぶちょう)はそう考(かんが)えられます。／部長是這麼認為的。

（考(かんが)える→考(かんが)えられる）

5 自發助動詞れる、られる

● 自發助動詞れる、られる的變化表：

基本形	未然形	連用形	終止形	連體形	假定形	命令形
れる	れ	れ	れる	れる	れれ	○
られる	られ	られ	られる	られる	られれ	○

● 接續：

① 五段動詞未然形、サ變動詞未然形＋れる

・こちらは東京(とうきょう)よりすこし寒(さむ)いように思(おも)われます。／我認為這裡比東京稍冷些。　（思(おも)う→思(おも)われる）

② 五段以外的動詞未然形＋られる

・私(わたし)にはこの問題(もんだい)がすこし難(むずか)しく感(かん)じられます。／我總覺得這個問題有點難。　（感(かん)じる→感(かん)じられる）

● 用法：表示某種感情、動作、想法自然而然的發生。

・最近(さいきん)ふるさとのことが思(おも)いだされます。／最近不由地想起了故鄉的事情。　（思(おも)いだす→思(おも)いだされる）

・あの子(こ)のことは案(あん)じられる。／那孩子的事情叫人擔心。

（案(あん)じる→案(あん)じられる）

6 推量助動詞う

● 推量助動詞う的變化表：

基本形	未然形	連用形	終止形	連體形	假定形	命令形
う	○	○	う	う	○	○

● 接續：

① 五段動詞、形容詞、形容動詞未然形＋う

・ここは静かだろう。／這裡很安靜吧！　（静かだ）

② 助動詞た、たい、ます、だ、です未然形＋う

・午後には晴れましょう。／下午會放晴吧！

（晴れる→晴れます）

● 用法：

① 表示推測、想像，中文意思是…吧！

・それは事実だろう。／那是事實吧！　（事実だ）

・きっと怒るでしょう。／一定會生氣吧！　（です）

② 表示意志或決心，中文意思是…吧！

・ビスケットをやろう。／做餅乾吧！　（やる）

③ 表示勸誘或徵求對方同意，中文意思是…吧！

・野球を見に行こう。／去看棒球吧！　（行く）

・何かして遊ぼう。／來玩點什麼吧！　（遊ぶ）

7 推量助動詞よう

●推量助動詞よう的變化表：

基本形	未然形	連用形	終止形	連體形	假定形	命令形
よう	○	○	よう	よう	○	○

● 接續：

① 五段動詞以外的動詞未然形＋よう

・ この人は明日来よう。／這個人明天會來吧！ （来る）

② 助動詞れる、られる、せる、させる未然形＋よう

・ それは容易に理解されよう。／那很容易理解吧！ （理解する）

● 用法：

① 表示推測、想像，中文意思是……吧！

・ 母は帰りを待っていよう。／媽媽大概在等我回去吧！ （いる）

・ そう言うと彼に誤解されよう。／那麼一說怕會引起他的誤會吧！ （誤解する）

② 表示意志或決心，中文意思是……吧！

・よく考(かんが)えてみよう。／仔細考慮看看吧！　（みる）

・私(わたし)がやってみよう。／我來做做看吧！　（みる）

③ 表示勸誘或徵求對方同意，中文意思是……吧！

・一緒(いっしょ)に野球(やきゅう)をしよう。／一起來打棒球吧！　（する）

・野球(やきゅう)を見(み)よう。／看棒球吧！　（見(み)る）

ワン！

注意事項

※ 以「う」或「よう」來表示推測的用法，現在已經漸漸不用了。由「でしょう」、「だろう」所代替。

8 否定助動詞ない

● 否定助動詞ない的變化表：

基本形	未然形	連用形	終止形	連體形	假定形	命令形
ない	なかろ	なく なかっ	ない	ない	なけれ	○

● 接續：

① 動詞未然形＋ない

・今日は誰も来ない。／今天沒有人來。 （来る）

② 助動詞未然形＋ない

・一人で帰られない。／一個人沒辦法回去。（帰る→帰られる）

● 用法：表示否定，中文意思是不、不對、沒有、未。

・目が悪いので遠方は見えない。／眼睛不好，看不到遠處。 （見える）

・奇跡は起きなかった。／奇蹟沒有發生。 （起きる）

ワン！ 注意事項

※ 動詞「ある」的後面不能接「ない」。

※「ます」的後面也不能接「ない」。

9｜過去助動詞た

● 過去助動詞た的變化表：

基本形	未然形	連用形	終止形	連體形	假定形	命令形
た	たろ	○	た	た	たろ	○

● 接續：

① 用言連用形＋た

・昨日(きのう)五時(ごじ)に起(お)きた。／昨天五點起床。　(起(お)きる)

② 助動詞連用形＋た（ぬ、う、よう、まい除外）

・田中(たなか)は先生(せんせい)に褒(ほ)められた。／田中受到了老師的讚揚。

(褒(ほ)める→褒(ほ)められる)

● 用法：

① 表示過去進行的動作、活動或狀態，中文意思是曾經、過、了。

・昨日(きのう)由紀子(ゆきこ)さんに会(あ)いました。／昨天遇到了由紀子。

(会(あ)う→会(あ)います)

・朝(あさ)はひどい雨(あめ)だった。／早上的雨好大。　(だ)

② 表示動作完了、結束，中文意思是……了。

・この西瓜(すいか)は大変(たいへん)甘(あま)かった。／這西瓜很甜。　(甘(あま)い)

・練習(れんしゅう)はいま終(お)わった。／練習剛剛結束。　(終(お)わる)

③ 表示動作或結果繼續存在，與「…ている」或「…てある」的意思一樣。

・王君は去年日本へ来ました。／王同學去年來到日本。

(来る→来ます)

・佐藤さんは勤めに行った。／佐藤上班去了。 (行く)

ワン！

注意事項

※「た」不能接在助動詞「ね」、「う」、「よう」、「まい」的後面。

※「た」接在イ音便或撥音便的後面要唸「だ」。

10 希望助動詞たい

● 希望助動詞たい的變化表：

基本形	未然形	連用形	終止形	連體形	假定形	命令形
たい	たかろ	たく たかっ	たい	たい	たけれ	○

● 接續：

① 動詞連用形＋たい

・行（い）きたくない。／不想去。　（行（い）く→行（い）きたい）

② 助動詞れる、られる、せる、させる的連用形＋たい

・豚（ぶた）だって、人間（にんげん）に食（た）べられたくはないだろう。／就算是豬也不想被人吃掉吧！　（食（た）べる→食（た）べられる→食（た）べられたい）

● 用法：表示希望或願望，中文意思是想、希望、願意。

・何（なに）が食（た）べたいですか。／你想吃什麼？　（食（た）べる→食（た）べたい）

・私（わたし）はイタリアへ一度（いちど）行（い）きたい。／我想去義大利走一趟。

（行（い）く→行（い）きたい）

ワン！

注意事項

※「たがる」跟「たい」的意思一樣，也表示希望或願望，但使用的場合不同，「たい」是表示說話者的願望、希望，而「たがる」是表示別人顯露在外的希望或願望。

※「たい」有時候可以用在第二人稱或第三人稱，但這時候通常是說話者的猜測或是尋問對方時用。

11 樣態助動詞そうだ(そうです)

● 樣態助動詞そうだ、そうです的變化表：

基本形	未然形	連用形	終止形	連體形	假定形	命令形
そうだ	そうだろ	そうだっ そうで そうに	そうだ	そうな	そうなら	○
そうです	そうでしょ	そうでし	そうです	そうです	○	○

● 接續：

① 動詞連用形、動詞型活用助動詞連用形＋そうだ(そうです)

・客(きゃく)はすぐ帰(かえ)りそうだ。／客人好像馬上要回去了。 (帰(かえ)る)

② 形容詞語幹、形容動詞語幹、助動詞ない、たい語幹＋そうだ(そうです)

・その映画(えいが)は面白(おもしろ)そうだ。／那部電影好像很有趣。 (面白(おもしろ)い)

● 用法：表示主觀的判斷、推測或預料未來的情況，中文意思是好像、似乎、好像……似的。

・火(ひ)は消(き)えそうになった。／火好像要熄了。 (消(き)える)

・明日(あした)は雨(あめ)が降(ふ)りそうだ。／明天好像會下雨吧！ (降(ふ)る)

12 傳聞助動詞そうだ(そうです)

● 傳聞助動詞そうだ、そうです的變化表：

基本形	未然形	連用形	終止形	連體形	假定形	命令形
そうだ	○	そうで	そうだ	○	○	○
そうです	○	そうでし	そうです	○	○	○

● 接續：

① 用言終止形＋そうだ(そうです)

・春山君(はるやまくん)は毎朝早(まいあさはや)く起(お)きるそうだ。／聽說春山每天早上很早起床。

(起(お)きる)

② 助動詞せる、させる、れる、られる、ない、たい、た、だ的終止形＋そうだ(そうです)

・知(し)らないそうだ。／聽說是不知道。　(知(し)る→知(し)らない)

● **用法：**表示現在這個消息是從別處聽來的，中文意思是據說、聽說。

・山田君(やまだくん)も知(し)っているそうだ。／據說山田也知道。

（知(し)る→知(し)っている）

・あの人(ひと)は医者(いしゃ)だそうだ。／聽說他是醫生。　（だ）

注意事項

※「そうだ」、「そうです」的否定形通常用「……そうもない」或「……そうもありません」。

※ 樣態助動詞「そうだ」、「そうです」跟傳聞助動詞「そうだ」、「そうです」除了意思不同外，接續方法也不同，樣態助動詞接在動詞連用形及形容詞語幹、形容動詞語幹後面，而傳聞助動詞則接在終止形的後面。

13 比況助動詞ようだ（ようです）

● 比況助動詞ようだ、ようです的變化表：

基本形	未然形	連用形	終止形	連體形	假定形	命令形
ようだ	ようだろ	ようだっ ようで ように	ようだ	ような	ようなら	○
ようです	ようでしょ	ようです	ようです	ようです	○	○

● 接續：

① 體言＋の＋ようだ（ようです）

・ 二人（ふたり）は姉妹（しまい）のようです。／兩人好像姊妹似的。　（姉妹（しまい）の）

② 用言連體形、助動詞連體形＋ようだ（ようです）

・ まるで夢（ゆめ）を見（み）ているようだ。／宛如做夢似的。

（見（み）る→見（み）ている）

● 用法：

① 舉出某種事物、動作、行為或狀態，用來比喻一種事物，中文意思是好像……似的、似乎是、像……、如同……一般。

・ 車（くるま）が飛（と）ぶように走（はし）っている。／車子如同飛一般行駛著。（飛（と）ぶ）

・ 海（うみ）はまるでかがみのようだった。／海面宛如一面鏡子。

（かがみの）

② 舉出一個例子，來類推、比喻其他，中文意思是像……、像……那樣。

・佐藤君（さとうくん）のような人（ひと）。／像佐藤君那樣的人。 （佐藤君（さとくん）の）

・ロンドンのような大都会（だいとかい）。／像倫敦那樣大的都市。

（ロンドンの）

③ 表示不確定的推斷，中文意思是好像是、似乎是。

・食事（しょくじ）の支度（したく）が出来（でき）たようだ。／飯好像已經準備好了。

（出来（でき）る→出来（でき）た）

・今日（きょう）は暑（あつ）いようだ。／今天似乎很熱。 （暑（あつ）い）

14 比況助動詞みたいだ

● 比況助動詞みたいだ的變化表：

基本形	未然形	連用形	終止形	連體形	假定形	命令形
みたいだ	みたいだろ	みたいだっ みたいで みたいに	みたいだ	みたいな	みたいなら	○

● **接續：**體言、活用語連體形、形容動詞語幹＋みたいだ

・ あの山はまるで富士山みたいだ。／那座山宛如富士山。

（富士山）

● **用法：**表示比喻或推斷，中文意思是像……似的、如同……一般、如、好像是。

・ 今日の暑さは夏みたいだ。／今天就像夏天一樣的熱。　（夏）

・ 雨が止んだみたい。／雨好像停了　（止む→止んだ）

15 推定助動詞らしい

● 推定助動詞らしい的變化表：

基本形	未然形	連用形	終止形	連體形	假定形	命令形
らしい	○	らしく らしかっ	らしい	らしい	○	○

● 接續：

① 體言、副詞、形容動詞語幹＋らしい

・彼が結婚するという話は本当らしい。／他要結婚的消息似乎是真的。（本当）

② 形容詞終止形、動詞終止形、助動詞終止形＋らしい

・北海道は寒いらしい。／北海道好像很冷。（寒い）

● 用法：表示根據客觀的狀況來進行推斷，中文意思是像、好像、似乎。

・午後は雨が降るらしい。／下午好像會下雨。（降る）

・お母さんは買い物に行ったらしい。／媽媽好像買東西去了。

（行く→行った）

ワン！

注意事項

※ 助動詞的「らしい」和接尾語的「らしい」意思有點不同，接尾語的「らしい」要接在名詞的下面，意思是「帶……樣子」、「像……樣」，如「子供らしい」（很有小孩應有的特質）。

16 斷定助動詞だ

● 斷定助動詞だ的變化表：

基本形	未然形	連用形	終止形	連體形	假定形	命令形
だ	だろ	だっ で	だ	(な)	なら	○

● 接續：

① 體言、部分副詞＋だ

・これは桜の花(さくらはな)だ。／這是櫻花。　(桜の花)

② 用言連體形、助動詞連體形＋の、こと＋だ

・ちょっと来(き)て、用(よう)があるのだ。／你來一下，我有事找你。

(あるの)

● 用法：表示斷定或陳述事務，中文意思為是。

・昨日(きのう)は日曜日(にちようび)だった。／昨天是星期天。　(日曜日)

・それはいちごのケーキだ。／那是草莓蛋糕。(いちごのケーキ)

ワン！

注意事項

※「だ」的未然形「だろう」能直接接在用言後面，不必加「の」。

※「だ」跟「です」的用法一樣，不同的是「だ」為簡體形，「です」為敬體形。

17 斷定助動詞です

● 斷定助動詞です的變化表：

基本形	未然形	連用形	終止形	連體形	假定形	命令形
です	でしょ	でし	です	(です)	○	○

● 接續：

① 體言、部分副詞＋です

・私(わたし)はアメリカのスミスです。／我是美國來的史密斯。(スミス)

② 用言連體形、助動詞連體形＋の＋です

・それはなかなか面白(おもしろ)いのです。／那是很有趣的。　(面白(おもしろ)いの)

● 用法：表示斷定或陳述事物，中文意思為是。

・富士山(ふじさん)は日本一高(にほんいちたか)い山(やま)です。／富士山是日本第一高山。(山(やま))

・今日(きょう)は私(わたし)の誕生日(たんじょうび)です。／今天是我的生日。(私(わたし)の誕生日(たんじょうび))

注意事項

※「だ」、「です」的意思、用法都相同，通常可以互換。

18 丁寧助動詞ます

● 丁寧助動詞ます的變化表：

基本形	未然形	連用形	終止形	連體形	假定形	命令形
ます	ませ ましょ	まし	ます	ます	ますれ	ませ まし

● 接續：

① 動詞連用形＋ます

・佐藤君（さとうくん）も午後（ごご）は来（き）ます。／佐藤君也是下午來。　　（来（く）る）

② 助動詞れる、られる、せる、させる連用形＋ます

・先生（せんせい）はよく図書館（としょかん）に行（い）かれます。／老師經常去圖書館。

（行（い）く→行（い）かれる）

● 用法：表示尊敬或鄭重，中文意思無法譯出。

・雨（あめ）が降（ふ）っています。／正下著雨。　　（いる）

・先生（せんせい）もそうおっしゃいました。／老師也這麼說。（おっしゃる）

ワン！
注意事項

※ 基本上不用「ますれば」的假定形，而是以「ますなら」、「ましたら」來代替。

第七章

格助詞

1 格助詞を

● **接續：**體言、形式名詞＋を

・本(ほん)を買(か)う。／買書。

● **用法：**

① **體言＋を＋他動詞，表示動作的對象或目的，中文意思是把、將，但一般都不直接譯出。**

・帽子(ぼうし)をかぶる。／戴帽子。　　・字(じ)を書(か)く。／寫字。

② **體言＋を＋移動的自動詞，表示動作的起點、時間或移動的場所，中文意思是在、過、由、從、離開。**

・道(みち)を歩(ある)く。／走在路上。　　・橋(はし)を渡(わた)る。／過橋。

・八時(はちじ)に家(いえ)を出(で)ます。／八點從家裡出來。

③ **體言＋を＋使役動詞，表示上面的體言是使役的對象，中文意思是讓……，但一般都不直接譯出。**

・子供(こども)を泣(な)かせるな。／不要讓小孩哭。

ワン！

注意事項

※ 在日語裡，當移動動詞上面用「を」時，「を」上面的體言是表示經過的場所或出發的地點。

2 格助詞が

● **接續：**體言、形式名詞＋が

・風が吹く。／颱風。

● **用法：**

① 做句子的主語，中文意思無法譯出。

・田中さんが来た。／田中先生來了。

・白いのが多い。／白的多。

② 做句子的對象語，中文意思無法譯出。通常是用於表示好惡的對象、願望的對象、能不能的對象、擅不擅長的對象。

・わたしは水がほしい。／我想喝水。

・あの子は字が読める。／那個孩子能認字。

ワン！

注意事項

※ 做對象語的「が」往往被使用成「を」。

※「が」容易和另一個副助詞「は」混淆，詳細情形請參考 121 頁。

3 格助詞から

● **接續：**體言＋から

・ここから出発(しゅっぱつ)します。／從這裡出發。

● **用法：**

① 表示動作、作用的起點，中文意思是從、自、由。

・今日(きょう)から始(はじ)まる。／從今天開始。

・会社(かいしゃ)から急(いそ)いで帰(かえ)りました。／急急忙忙從公司回來了。

② 表示材料、原料的來源，中文意思是由、用。

・日本酒(にほんしゅ)は米(こめ)から作(つく)る。／日本酒是用米做成的。

③ 表示動作經由或通過的場所，中文意思是從。

・窓(まど)から雪(ゆき)が吹(ふ)き込(こ)んだ。／雪從窗戶吹進來。

ワン！

注意事項

※「から」有兩種，一種是格助詞，另一種是接續助詞。格助詞的「から」上面接體言，接續助詞上面接用言終止形，表示原因、理由。兩種不要混淆了。

※ 格助詞「から」常和「まで」連在一起使用，構成「體言＋から＋體言＋まで」的形式，是「從……到……」的意思。

4 格助詞で

● **接續：**體言＋で

・鉛筆で書きなさい。／請用鉛筆寫。

● **用法：**

① 表示動作的地點或場所，中文意思是在。

・公園で遊びました。／在公園遊玩。

・レストランで食事をします。／在餐廳吃飯。

② 表示所用的方法、手段、工具或材料，中文意思是用。

・木で犬小屋を作る。／用木材蓋狗屋。

③ 表示原因或理由，中文意思是因為、由於。

・病気で欠席しました。／因病缺席了。

ワン！

注意事項

※表示地點時，往往會不知道要用「に」還是「で」，原則上「に」表靜態的場所，「で」表某一行為或動作所施行的場所。

5 格助詞と

● 接續：

① 體言＋と

・妹と映画を見る。／和妹妹去看電影。

② 短句、詞語＋と

・田中さんが「入ってちょうだい」といいました。／田中先生說：「請進來」。

● 用法：

① 表示動作的對象或共同者，中文意思是和、同、和……一起。

・自動車とぶつかった。／和汽車相撞。

・お母さんと出掛ける。／和媽媽出去。

② 表示比較的對象或基準，中文意思是和、同。

・兄は弟と違う。／哥哥和弟弟不一樣。

・それはぼくのと同じだ。／那個和我的一樣。

③ 列舉兩個以上的事物，表示並列，中文意思是和。

・バナナと葡萄をください。／請給我香蕉和葡萄。

・鉛筆と紙を買った。／買了鉛筆和紙。

④ と接なる、する等表變化的動詞，表示變化的結果。中文意思是成為、變為、變成、做為、充當。

- 水が氷となる。／水變成冰。
- 医者となる。／成為醫生。

⑤ と接言う、思う、呼ぶ、考える……等動詞，表示引用、指定、敘述或思考的內容。

- 明日は帰るだろうと思う。／我想明天會回來。
- あれは利根川という川です。／那是條叫做利根川的河。

ワン！

注意事項

※ 用法④和另一個格助詞「に」的意思相近，有時候可以互換，有時候不能互換，詳細請參考 106 頁。

6 格助詞に

● 接續：

① 體言＋に

・京都に行く。／去京都。

② 動詞連用形＋に

・友達が私を呼びに来た。／朋友來叫我了。

● 用法：

① 表示事物存在的狀態或場所，中文意思是在、有。

・父は今日は家にいる。／父親今天在家。

・その本は家にある。／那本書在家裡。

② 表示歸著點、到達點，中文意思是到。

・その晩に京都に着きました。／當晚到了京都。

・東京駅に着きました。／抵達東京車站。

③ 接在時間的體言下面，表示動作進行或發生的時間，中文意思是在。

・毎朝六時に起きます。／每天早上六點起床。

・朝八時に出掛ける。／早上八點出去。

④ 表示動作或作用的結果，中文意思是成為、變成。

・米が酒になる。／米釀成酒。

・水が氷になる。／水結成冰。

⑤ 表示動作或作用的目的，上面接動詞連用形或動詞性名詞。

・デパートへ買い物に行く。／去百貨公司購物。

・僕はお父さんと花火を見に行きました。／我和爸爸去看煙火。

⑥ 表示被動句的行為者、使役的對象，中文意思是被、讓、使。

・人に笑われる。／被人恥笑。

・犬にかまれる。／被狗咬。

⑦ 表示比較的基準，中文意思是比……、等於……、離……遠（近）。

・CはDに等しい。／C等於D。

・うちは会社に近いです。／我家離公司近。

ワン！

注意事項

※「に」用在使役或被動時，要弄清楚主詞是使役者或被動者。

7 格助詞の

● 接續：

① 體言＋の

・私の読んだ本。／我讀的書。

② 副詞＋の

・少しの違い。／些許的不同。

③ 助詞＋の

・教室での討論。／在教室的討論。

● 用法：

① 做連體修飾語用，表示事物的性質、狀態，相當於中文的「的」。

・小鳥の声。／小鳥的聲音。

・お父さんの時計。／父親的手錶。

② 接在體言的後面，代替表示主語的が。

・月のまるい夜。／月圓的夜晚。

・英語の話せる人。／會說英語的人。

③ 做形式名詞用。

・綺麗なのを下さい。／請給我漂亮的。

・辛いのが食べたい。／想吃辣的。

8 格助詞より

● **接續：**體言＋より

・僕(ぼく)より背(せ)が高(たか)い。／個子比我高。

● **用法：**表示比較的基準，中文意思是比。

・あそこよりここのほうが静(しず)かだ。／這裡比那裡安靜。
・彼(かれ)は私(わたし)より三(みっ)つ年上(としうえ)だ。／他比我大三歲。

ワン！
注意事項

※「より」的句型通常有兩種，一是「Ａより B が……」，另一是「Ａは B より……」。由於「より」的位置不同，我們很難找出主詞在哪裡，最好的分辨法是先找出「は」或「が」，它上面的體言就是主語。

9 格助詞へ

● **接續：** 體言、形式名詞＋へ

・そこから左へ曲がってください。／請在那裡往左轉。

● **用法：**

① 表示動作的方向，中文意思是往、向、到。

・大阪へ向かう。／往大阪去。

・どこへ行きますか。／你要去哪裡？

② 表示動作的到達點，中文意思是到。

・ここへ来い。／到這兒來！

・早く席へ着きなさい。／請快點回座位上去。

③ 表示動作或行為的對象，中文意思是給……、跟……。

・お母さんへ手紙を書く。／給媽媽寫信。

・これはあなたへ上げます。／這個給你。

ワン！

注意事項

※ 原則上「へ」是強調移動的方向，「に」是強調到達點。

第八章 副助詞

1｜副助詞か

● 接續：

① 體言＋か

・誰か来たようです。／好像有人來了。

② 用言終止形、助動詞終止形＋か

・するか、止めるか早く決めなさい。／做或不做請你快點決定。

● 用法：

① 一般接在疑問詞下面，表示不太肯定的語氣，中文意思是不知……、好像……。

・ドアの外に誰かいるみたいだ。／門外好像有人。

・誰かが呼んでいますよ。／好像有人在叫。

② 將兩種事物並列在一起，而選擇其一之意，中文意思為不是……就是……、還是、或者。

・私か、妹かが行きます。／不是我去就是妹妹去。

・行くか、行かないかを決めてください。／去或不去，請做決定。

ワン！

注意事項

※「か」放在句末為終助詞，表示疑問或反駁。

※ 表示選擇的「か」一般都用「……か……」的句型。

2 副助詞くらい（ぐらい）

● 接續：

① 體言＋くらい

・歩くと駅まで三十分ぐらいです。／步行到車站約要三十分。

② 用言連體形、助動詞連體形＋くらい

・少し痛いくらい我慢しなさい。／一點點痛，忍耐一下。

● 用法：

① 表示大概的數量或程度，和ほど用法一樣，中文意思是大概、大約、上下、左右。

・今日は五キロぐらい走った。／今天跑了約五公里。

・毎日だいたい七時間ぐらい寝る。／每天大約睡七個小時。

② 表示舉一個例子來比喻其他事物的程度，中文意思是像……、如同……。

・リンゴくらいの大きさです。／如蘋果般大小。

・私でも英語くらいは読める。／即使是我，也看得懂英文這種東西。

ワン！

注意事項

※「くらい」與「ぐらい」的意思及用法完全一樣，一般而言體言後面都喜歡用「ぐらい」。

※ 在表示大概的數量或程度上，「くらい」的用法和「ほど」相同，一般都可以互換。

3 副助詞こそ

● **接續：**

① 體言＋こそ

・私(わたし)こそ失礼(しつれい)しました。／我才是對不起你。

② 副詞、助詞＋こそ

・あなたがいたからこそ、みんなはそんなに言(い)うのです。／正因為你在，大家才這麼說。

● **用法：**表示加強語氣，中文意思是正是、就是、才是。

・今度(こんど)こそ頑張(がんば)ろう。／下次可要好好加油。

・これこそ本物(ほんもの)です。／這才是真貨。

4 副助詞さえ

● 接續：

① 體言、活用語連用形＋さえ

・新聞さえ読む暇がなかった。／連看報紙的時間都沒有。

② 各種助詞＋さえ

・そんなものは犬や猫でさえ食べない。／那種東西連狗、貓都不吃。

● 用法：

① 舉一個極端的例子，用以類推其他，中文意思是連……都、甚至……。

・水さえ喉に通らない。／連水都沒辦法喝。

・子供さえ読める漢字。／連小孩都會讀的漢字。

② 表示添加，中文意思是而且、並且、連、甚至。

・君さえそんな事を言うのか／連你也這麼說。

・風が酷い上に雨さえ降ってきた。／不但風大，而且還下起雨來了。

③ 表示限定一個條件，其他的就不管了，中文意思是只要……就……。

・静かでさえあれば結構です。／只要安靜就好了。

・テレビさえあれば何もいらない。／只要有電視就可以了。

ワン！

注意事項

※ 用法③表示限定的句子，下面一定要接「ば」或「なら」。

5 副助詞しか

● 接續：

① 體言、形式名詞＋しか

・ 五時間しか寝ていない。／只睡五個小時。

② 副詞、助詞＋しか

・ 金は少ししか持ってこない。／只帶一點錢來。

③ 動詞連體形、助動詞連體形、形容詞連用形、形容動詞連用形＋しか

・ それは売るしか方法がない。／除了賣以外沒有別的辦法。

● 用法：提出某一項事項，而否定其他，中文意思是只有。

・ もう五十円しか残っていない。／只剩下五十元了。

・ この部屋には机が一つしかない。／這個房間只有一張桌子。

ワン！

注意事項

※「しか」必需和「ない」相呼應使用，構成「しか……ない」的句型。

※「しか……ない」和「だけ」的意思一樣，可以互換，但語氣還是有點不同。「だけ」只做一般的敘述，「しか……ない」則含有出乎意料的意思。

※ 注意，「しか……ない」是表示肯定的意思。

※ 形容詞連用形、形容動詞連用形＋「しか」的用法，現今較不常使用。

6 副助詞だけ

● 接續：

① 體言＋だけ

・一つだけ買った。／只買了一個。

② 用言連體形、助動詞連體形＋だけ

・見るだけなら構わない。／只是看的話沒關係。

③ 副詞、助詞＋だけ

・姉さんにだけ秘密を明かす。／只跟姊姊說祕密。

● 用法：

① 表示事物的數量或程度，中文意思是只、僅僅。

・私だけが知っている。／只有我知道。

・あの人だけに言った。／只跟他說。

② 表示事物最高、最大的限度，中文意思是所有、盡、這點、這些。

・これだけあれば沢山だ。／有了這些就足夠了。

・それだけ話せれば十分だ。／能說這些就夠了。

ワン！

注意事項

※「だけ」的用法和另一個副助詞「ばかり」一樣，在一般情況下可以替換使用，詳細請參考 123 頁。

※「だけ」經常和「できる」重疊使用，構成慣用句「できるだけ」，中文意思是盡量。

7 副助詞でも

● 接續：

① 體言＋でも

・小学生（しょうがくせい）でも知（し）っている。／連小學生都知道。

② 副詞、格助詞＋でも

・どこへでも行（い）くよ。／不管哪裡都去。

● 用法：

① 表示類推，中文意思是連……也、哪怕……也。

・それくらいは子供（こども）でも知（し）っている。／那種小事連小孩都知道。

・誰（だれ）でもいいから、すぐ来（き）てください。／不管是誰都行，請馬上過來一下。

② 表示大致的範圍和類別，用以類推其他，中文意思是……之類、……什麼的、或者。

・映画（えいが）でも見（み）に行（い）きませんか。／要不要去看電影什麼的？

・ジュースでも飲（の）みたい。／真想喝點果汁什麼的！

8 副助詞など

● 接續：

① 體言＋など

・ 太郎君や次郎君などが遊んでいる。／太郎、次郎等正在玩耍。

② 用言連體形、助動詞連體形＋など

・ 朝寝するなどは悪い。／早上睡覺可不好。

● 用法：

① 表示概括，通常都用……や……や……など的句型，中文意思是……等。

・ 西瓜やバナナなど沢山買った。／買了很多西瓜、香蕉等。

・ 彼は英語や日本語など話すことが出来る。／他會說英語、日語等語言。

② 在許多事物中舉出主要的一種以類推其他，中文意思是…之類、…什麼的。

・ ジュースなど飲みませんか。／你要喝點果汁什麼的嗎？

・ 今ごろ西瓜などはありません。／現在這個時候沒有西瓜之類的東西。

9 副助詞なり

● **接續：**

① **體言＋なり**

・お茶なり何なりお飲みなさい。／請喝點茶什麼的。

② **動詞終止形＋なり**

・行くなり、止めるなり決めなさい。／請決定去或不去。

● **用法：**從幾種事物中選擇其中之一，中文意思是……或……、…也好…也好。

・父なり、母なりと相談しなさい。／請跟爸爸或媽媽商量。

・お茶なり、コーヒーなりください。／請給我茶或咖啡。

ワン！

注意事項

※「なり」也有「哪怕……也好」之意，用法和「でも」一樣。

10 副助詞は

● 接續：

① 體言、形式名詞＋は

・雪は白い。／雪是白的。

② 用言連用形＋は

・行きはしたが間に合わなかった。／去了是去了，但是沒趕上。

③ 副詞、助詞＋は

・富士山にはまだ登っていない。／還沒有爬過富士山。

● 用法：

① 在眾多的事物中，把所要講的事物提出來，當成主題或主語。中文意思無法譯出。

・これは私の本です。／這是我的書。

・赤い花はないの。／沒有紅色的花嗎？

② 表示敘述的主題

- 太陽（たいよう）は東（ひがし）から昇（のぼ）る。／太陽從東邊升起。
- 年月（としつき）は流（なが）れる水（みず）のようだ。／歲月如梭。

③ 表示加強語氣

- 聞（き）きはしたが返事（へんじ）がなかった。／問是問了，但沒回答。

ワン！

注意事項

※ 對國人而言，「は」跟「が」的用法實在很難區別，大體上來講，若聽話者已知道敘述的事物，一般用「は」，未知時用「が」。
※「は」表示大主題，「が」表示小主題。
※「は」接在副助詞下可以幫助加強語氣。
※ 敘述眼前的事物一般用「が」，而關於事實的推斷、敘述等一般都用「は」。
※「が」只能接在體言或形式名詞的下面。
※ 疑問詞主語下面用「が」，答話主語下面也要用「が」；而主語下面用「は」時，答話的主語下面也要用「は」。

11 副助詞ばかり

● 接續：

① 體言＋ばかり

・朝から三時間ばかり待っていった。／從早上起等了三個多鐘頭。

② 副詞、助詞＋ばかり

・少しばかり聞きたいことがあります。／我有點事要問你。

③ 用言連體形、助動詞連體形＋ばかり

・言うばかりで実行しない。／光說不練。

● 用法：

① 表示大概的數量或程度，中文意思是大概、大約、上下、左右。

・一メートルばかりの大きさ。／大約一公尺左右的大小。

・五本ばかり下さい。／請給我五支左右。

② 表示事物的範圍或界限，中文意思是只、光、淨。

・ただ美しいばかりで物足りない。／光是漂亮並不能讓人滿意。

・自分のことばかり考えている。／只顧慮到自己。

ワン！

注意事項

※ 用法①的「ばかり」接在數目下面時候和「ほど」、「くらい」的意思一樣。

※ 用法②的「ばかり」跟「だけ」的意思一樣。

12 副助詞ほど

● 接續：

① 體言＋ほど

・ 今日は昨日ほど寒くない。／今天不像昨天那麼冷。

② 用言連體形＋ほど

・ かめばかむほど味が出る。／愈嚼愈有味道。

● 用法：

① 表示大致的數量或程度，中文意思是大概、大約、左右、上下、幾乎。

・ 駅まで三キロほどあります。／距離車站約有三公里左右的距離。

・ まだ十人ほど残っている。／還剩下約十個人。

② 藉其他事物的特徵來比喻某事物所到達的程度，中文意思是像……、甚至。

・ 雪ほど白い。／像雪般白。

・ 泣きたいほど痛い。／痛得幾乎要哭出來了。

注意事項

※「ほど」只能接在少數助動詞下面，如「ない」、「たい」等。

※「ほど」經常和「ば」構成「ば……ほど」的慣用句，中文意思是「越……越……」。

※「ほど」和「ない」構成慣用句「……ほど……ない」，中文意思是「不像……那樣」。

※ 接在數目下表示大概的程度，可用「くらい」、「ばかり」代替。

13 副助詞まで

● 接續：

① 體言＋まで

・夜中まで待った。／等到半夜。

② 用言連體形、助詞＋まで

・夜が明けるまで勉強していた。／讀書讀到天亮。

● 用法：

① 表示動作、時間、場所的終點，中文意思是到、到達、到……為止。

・ここまで持ってきてくれ。／拿到這兒來！

・駅まで歩くと十五分かかります。／走到車站要花十五分鐘。

② 表示類推、添加之意，與さえ的意思一樣，中文意思是連……也、甚至……。

・子供にまで笑われる。／甚至被小孩嘲笑。

・大降りでシャツまでずぶぬれだ。／下大雨，連襯衫都濕透了。

14 副助詞も

● 接續：

① 體言、形式名詞＋も

・母も行きます。／媽媽也去。

② 用言連用形＋も

・別に嬉しくも悲しくもありません。／既不高興也不悲傷。

③ 副詞、接續詞、助詞＋も

・気温が三十度にもなった。／氣溫達到了三十度。

● 用法：

① 提示兩個或兩個以上的事物表示並列或共同存在，中文意思是不論……還是……、不論……、既……也……。

・私は新聞も雑誌も読まない。／我既不看報紙也不讀雜誌。

・蜜柑も梨も柿もある。／有橘子、梨子和柿子。

② 從同種事物中舉出一個有代表性的事物，用以類推其他，中文意思是也……。

・手も足も汚れてしまった。／手跟腳都髒了。

・母も行きます。／媽媽也去。

③ 表示加強語氣，中文意思是連……也……、竟……。

・バスが十五分も遅れた。／巴士竟慢了十五分。

・三日間も山の中をさ迷った。／在山中迷路了三天之久。

④ 接在疑問詞的下面，表示全面地否定或肯定，中文意思是全部、什麼也……。

・箱の中にはなにもない。／箱內什麼都沒有。

・どこへも行かない。／哪兒都不去。

注意事項

※ 一般而言格助詞「が」不能與「も」重疊。

15 副助詞やら

● 接續：

① 體言、疑問詞＋やら

・何（なに）やら話（はな）している。／不知在說些什麼。

② 用言連體形、助動詞連體形＋やら

・来（く）るやら、来（こ）ないやらさっぱりわかりません。／不知來還是不來。

● 用法：

① 表示不確定，中文意思是不知……、好像……。

・誰（だれ）やら来（き）た。／好像有人來了。

・何（なに）やら書（か）いている。／不知在寫些什麼。

② 表示並列，中文意思是……啦……啦、……和……。

・本（ほん）やら、ノートやら沢山（たくさん）買（か）った。／買了很多書啦、筆記本。

・長（なが）いのやら、短（みじか）いのやらいろいろある。／長的啦、短的啦，各式各樣都有。

ワン！

注意事項

※ 用法① 的「やら」與另一個副助詞「か」用法相同，詳細請參考112頁。

第九章 接續助詞

1 接續助詞が

● 接續：

① 用言終止形＋が

・ 運動(うんどう)もするが勉強(べんきょう)もする。／也運動，也讀書。

② 助動詞終止形＋が

・ 努力(どりょく)したが、駄目(だめ)だった。／努力過了但還是失敗。

● 用法：

① 逆態的確定條件，表示前項已經是確定的事實，但後項卻出現了與預料相反的情況，中文意思是雖然…可是…。

・ 鯨(くじら)は海(うみ)に住(す)んでいるが、魚(さかな)ではない。／鯨魚雖然住在海裡，但他不是魚。

・ 呼(よ)んだが、聞(き)こえていない。／雖然叫了，可是他沒聽到。

② 表示單純的接續，沒有其他的作用，中文譯不出來，但有時候也可譯做不過、而。

・ 長崎(ながさき)の夜景(やけい)を見(み)たが、美(うつく)しいですね。／我看過長崎的夜景，很漂亮呢！

・私は田中ですが、何か御用でしょうか。／我是田中，請問有什麼事嗎？

③ **舉出兩個相反的事實，表示列舉或對比關係，中文意思是雖然…可是…。**

・あの男には夢はあるが、実行力がない。／他有夢想，但不付諸行動。

・タバコはあるが、マッチがない。／有香菸，但沒有火柴。

ワン！

注意事項

※ 接續助詞「が」的接續關係、用法、意思跟另一個接續助詞「けれども」基本上都一樣，但是「が」的語感要比「けれども」硬些，所以較常出現在文章裡，而日常談話時男性也比較喜歡用。

2｜接續助詞から

● **接續：**

① 用言終止形＋から

・今行くから、待っていてください。／我現在就去，請等我。

② 助動詞終止形＋から

・疲れたからお休みします。／因為疲累，所以請假。

● **用法：**表示說話者的主觀原因、理由，中文意思是因為……，所以……。

・もう遅いからお休みなさい。／已經很晚了，休息吧！

・日本の冬は寒いから嫌いだ。／日本的冬天寒冷，所以不喜歡。

ワン！

注意事項

※「から」是接續助詞，連接前後兩項，後項除了陳述說話者主觀判斷外，還可以表示說話者的意志、主張、推測、禁止、命令、質問等，這時「ので」和「から」就不能互換了。

3 接續助詞けれど(けれども)

● 接續：

① 用言終止形＋けれど（も）

・欲しいけれども、お金がないから買えません。／雖然想要，但沒錢所以不能買。

② 助動詞終止形＋けれど（も）

・飛べないけれども泳げるよ。／雖然不能飛，但是會游泳。

● 用法：

① 逆態的確定條件，表示前項已經是確定的事實，但後項卻出現了與預料相反的情況，中文意思是雖然…可是…。

・少し寒いけれども我慢しよう。／雖然有點冷，但是忍耐些吧！

・降っているけれど、小雨です。／雖然下著雨，但是不大。

② 表示單純的接續，沒有其他的作用，中文無法譯出。

・私は田中ですけど、山田先生はいらっしゃいますか？／我是田中，請問山田老師在家嗎？

・高価だけれど、質がよい。／價錢雖貴，但品質很好。

③ 舉出兩個相反的事實，表示列舉或對比關係，中文意思是雖然…可是…。

・夏（なつ）は日（ひ）が長（なが）いけれど、冬（ふゆ）は日（ひ）が短（みじか）い。／夏天雖然日長，可是冬天日短。

・鶴（つる）の足（あし）は長（なnext）いけれど、鴨（かも）の足（あし）は短（みじか）い。／鶴的腳長，可是鴨的腳短。

ワン！

注意事項

※「けれども」也可以說成「けれど」、「けど」、「けども」，一般而言女性或較鄭重的談話場合多用「けれども」，而一般談話則用「けれど」、「けど」、「けども」。

4 接續助詞し

● **接續：**

① 用言終止形＋し

・色(いろ)もよいし、形(かたち)もよい。／色彩很美，形狀又好。

② 助動詞終止形＋し

・雨(あめ)に降(ふ)られたし、バスも込(こ)んだし、さんざんだった。／被雨淋到，公車又擠，真倒楣。

● **用法：**表示前後並列，中文意思是既……又……、而且、也……也……。

・彼(かれ)は英語(えいご)も分(わ)かるし、日本語(にほんご)もできる。／他既會英語也會日語。

・雨(あめ)も降(ふ)るし、風(かぜ)も吹(ふ)く。／既下雨又颳風。

5 接續助詞たり（だり）

● **接續**：用言連用形＋たり

・読(よ)んだり、書(か)いたりする。／又讀又寫。

● **用法**：表示兩種動作或兩種狀態並列，中文意思是又……又……、有時……有時……、一會……一會……。

・雨(あめ)が降(ふ)ったり止(や)んだりする。／雨下下停停的。

・昨日(きのう)買(か)い物(もの)したり、映画(えいが)を見(み)たりしました。／昨天又是買東西又是看電影的。

ワン！

注意事項

※「たり」一般用「……たり……たりする」的形式。

6 接續助詞て（で）

● **接續**：用言連用形、助動詞連用形＋て

・夏(なつ)は涼(すず)しくて冬(ふゆ)は暖(あたた)かい。／夏涼冬暖。

● **用法**：

① **單純的接續，表示動作、狀態的並列、對比，中文意思是而、而且、並且。**

・大(おお)きくて黒(くろ)い。／大且黑。

・赤(あか)くて美(うつく)しい花(はな)。／紅又漂亮的花。

② **連結上、下兩個動作或狀態，表示動作的繼續或演變，中文意思很難譯出，勉強可以譯做……後。**

・図書館(としょかん)で本(ほん)を借(か)りて、うちへ帰(かえ)った。／在圖書館借了書後，回家去了。

・朝(あさ)ご飯(はん)を食(た)べて、新聞(しんぶん)を読(よ)んだ。／吃完早餐後，看了報紙。

③ 接いる、ある、みる……等補助動詞，幫助敘述，中文意思要根據後續的動詞或形容詞來翻譯。

- 雨（あめ）が降（ふ）っている。／正下著雨。
- 数（かぞ）えてみよう。／數數看。

④ 表示動作、作用的原因、理由，相當於中文的因為、由於。

- 教室（きょうしつ）で騒（さわ）いで叱（しか）られた。／因為在教室喧鬧，所以被罵了。
- 一日中（いちにちじゅう）勉強（べんきょう）して疲（つか）れた。／因為整天讀書，所以很累。

ワン！

注意事項

※「て」不能接在形容動詞後面，要做接續時，直接使用形容動詞的連用形即可，如：「山田（やまだ）さんは綺麗（きれい）だ。」（山田小姐很漂亮）＋「山田（やまだ）さんは頭（あたま）がいい。」（山田小姐很聰明）→「山田（やまだ）さんは綺麗（きれい）で、頭（あたま）がいい。」（山田小姐很漂亮，而且很聰明。）

※ 用法② 的「て」相當於連用形的中頓法，如果省略「て」，改用逗點代替，整個句子意思不變。

※ 用法④ 的「て」含有「から」、「ので」的意思。

7 接續助詞ても（でも）

● 接續：

① 形容詞連用形、動詞連用形、助動詞連用形＋ても（でも）

・いくら呼(よ)んでも、まだ来(こ)ない。／不管怎麼叫，他還是不來。

② 體言、形容動詞語幹＋でも

・どんなに丈夫(じょうぶ)でも、そんなに長(なが)くは使(つか)えないだろう。／無論再怎麼堅固，也沒辦法用那麼久吧！

● 用法：

① 逆態的假定條件，表示不管前項如何，後項也可能會出現與預期相反的情況，中文意思是即使……也、縱然……也……、無論……也。

・謝(あやま)っても、許(ゆる)してくれないでしょう。／即使道歉了，他也不會原諒我吧！

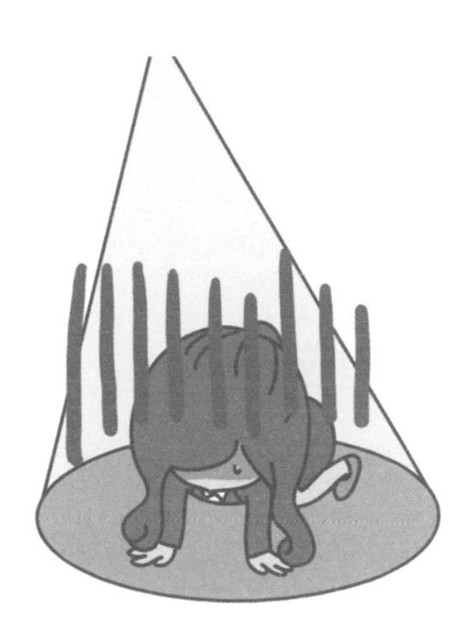

・今さら後悔しても無駄でしょう。／事到如今後悔也無濟於事吧！

② 逆態的確定條件，表示前項無論怎樣進行，後項也會出現與預期相反的情況，中文意思是無論……也、雖然……也、儘管……也……。

・どんなに説明しても意味が分からなかった。／無論怎麼說明也不懂。

・いくら呼んでも返事をしません。／無論怎麼喊他，他也不回答。

ワン！

注意事項

※ 表示逆態確定條件的「ても」，一般講已經完了或過去的事情。

※「ても」接在ナ行、マ行、ガ行、バ行等五段活用詞下面時候要改成「でも」。

8 接續助詞と

● 接續：

① 動詞終止形＋と

・雪が降ると寒くなる。／一下雪，天就變冷了。

② 助動詞終止形＋と

・早く行かないと遅刻する。／如果不早點去就會遲到。

● 用法：

① 順態的假定條件，表示如果前項情況出現，那麼就可能會（該）～，

中文意思是如果……就……、若……就……。

・早く行かないと遅刻する。／如果不早點去就會遲到。

・ゆっくり読むと分かるだろう。／如果慢慢地看就會懂吧！

② 順態的確定條件，表示前項情況既然成立，那麼後項就一定會如何，

中文意思是既然……就……、一……就……。

・梅雨時になると雨が多くなる。／一到梅雨時期，雨就會變多。

・秋になると涼しくなる。／一到秋天，氣候就會變涼。

注意事項

※ 接續助詞「と」、「ば」不論是在用法或意思上都很相近，有時候還可以替換使用，不過「と」多用於敘述客觀的事實，「ば」則多用於表達主觀意識。

9 接續助詞ながら

● **接續：**

① **動詞、助動詞連用形＋ながら**

・歩きながら本を読む。／邊走邊看書。

② **體言、形容動詞語幹、形容詞終止形＋ながら**

・ここは田舎ながら交通が大変便利だ。／這裡雖然是鄉村，交通卻非常便利。

● **用法：**

① **表示前後兩個動作同時進行，中文意思是一面……、邊……邊……。**

・食事をしながら話す。／邊吃飯邊講話。

・歌を歌いながら、部屋を掃除する。／邊唱歌邊打掃房間

② **逆態接續，表示前後兩種情況不相稱，中文意思是雖然……可是。**

・知っていながら、教えてくれない。／明明知道卻不告訴我。

・不愉快に思いながら顔には出さない。／雖然不高興，可是沒有表現在臉上。

ワン！

注意事項

※ 用法②的「ながら」有時會與助詞「も」重疊使用，一起加強語氣的作用。

10 接續助詞のに

● **接續**：用言連體形＋のに

・早く来いというのに、まだこない。／叫他早點來卻還沒來。

・暇なのに来てくれない。／有時間卻不來。

● **用法**：逆態的確定條件，用意外、不滿、指責的口氣來表達前後兩件事不一致，中文意思是可是、偏偏、卻、反而。

・今日は日曜日なのに人出が少ない。／今天是星期天，卻很少人出來。

・寒いのに、上着を着ない。／天冷卻沒穿外套。

ワン！

注意事項

※「のに」如果放在最後，是屬於終助詞，用來表示對結果感到意外、不滿，並含有遺憾、無可奈何的、婉惜的意思。

※ 格助詞「の」＋格助詞「に」構成「のに」，有「ものに」的意思，但和這裡的接續助詞「のに」意思不一樣。

11 接續助詞ので

● **接續：**

① 用言連體形＋ので

・最近は忙しいので掃除ができない。／最近很忙，所以都沒辦法打掃。

② 助動詞連體形＋ので

・月が出ていないので道は暗い。／因為沒有月光，所以道路幽暗。

● **用法：**順態接續，表示原因或理由，中文意思是因為……所以。

・バスが来なかったので、タクシーで行きました。／因為公車沒來，所以搭計程車去了。

・風邪を引いたので寝ている。／因為感冒，所以正在睡覺。

ワン！

注意事項

※「ので」和另一個接續助詞「から」用法幾乎相同，國人常常容易混淆，使用時應該把握一個原則：「から」表示說話者主觀的判斷，而「ので」表示客觀因素，多用來敘述因為有了前項原因，所以才會產生後項結果。通常用在自然現象、物理現象等事物的因果關係上，當要表現說話者的主觀觀念時，不可以使用「ので」。

12 接續助詞ば

● **接續**：用言假定形＋ば

・風が吹けば、木の葉が落ちる。／颳風的話，樹葉就會掉下來。

● **用法**：

① **順態的假定條件，表示如果前項情況出現，那麼就會（該）～，中文意思是如果……就……、若……就……。**

・午後雨が降ればどこへも行きません。／下午如果下雨，就不出去了。

・寒ければコートを着なさい。／如果冷就穿上大衣。

② **順態的確定條件，表示前項情況既然成立，那麼後項就會～，中文意思是既然……就……、一……就……。**

・風が吹けば、波が立つ。／一颳風就起浪。

・秋が来れば、木の葉が落ちる。／秋天一到，樹葉就會掉落。

第十章 終助詞

1 終助詞か（かい）

● 接續：

① 用言終止形、助動詞終止形＋か

・そんなことあるか。／哪有那種事！

② 體言、副詞、助詞＋か

・あの人(ひと)は誰(だれ)か。／那個人是誰？

● 用法：

① 表示疑問，中文意思是……嗎？

・これは誰(だれ)の帽子(ぼうし)ですか。／這是誰的帽子？

・あなたも行(い)きますか。／你也去嗎？

② 表示反問，中文意思為不是……嗎？、哪有……的？

・そんなことがあるか。／哪有那種事！

・私(わたし)が知(し)っているものですか。／我怎會知道。

③ 以感嘆的心情自問自答，中文意思是……啦！、……嗎！

・もう十二時(じゅうにじ)か。／已經十二點啦！

・ああ、今日(きょう)も雨(あめ)か。／啊，今天也下雨嗎！

ワン！

注意事項

※ 為了加強語氣，可以對同輩或晚輩說「かい」，但不能對長輩用「かい」。

※ 斷定助動詞「だ」或形容動詞語尾「だ」的後面不能接「か」。

2 終助詞かしら

● 接續：

① 用言終止形、助動詞終止形＋かしら

・ あれでいいかしら。／那樣可行？

② 體言、副詞、助詞＋かしら

・ 彼(かれ)は元気(げんき)かしら。／他好嗎？

● 用法：表示疑問或質問，中文意思是……嗎？

・ このバスは空港(くうこう)へ行(い)くかしら。／這巴士是往機場去的嗎？

・ あら、雨(あめ)かしら。／啊，下雨了嗎？

ワン！

注意事項

※「かしら」主要是女性用語，男性不大使用。

3 終助詞かな

● 接續：

① 動詞連體形、助動詞連體形＋かな。

・うまく掛(か)けるかな。／不曉得有沒有掛好？

② 體言、形式名詞＋かな

・あれはお姉(ねえ)さんかな。／那個人是姊姊吧？

● 用法：

① 表示自言自語的疑問語氣，中文意思是……呢、……吧？

・何(なに)を相談(そうだん)しているかな。／商量什麼呢？

・誰(だれ)が来(き)たかな。／是誰來了呢？

② 表示自己的願望、希望，常以「……ないかな」的形式出現，中文意思是怎麼還不……呢？

・早(はや)く、明日(あした)にならないかな。／明天怎麼還不快點到呢？

4 終助詞さ

● 接續：

① 形容詞終止形、動詞終止形、助動詞終止形＋さ

・ 僕も行くさ。／我也去！

② 體言、副詞、形容動詞語幹＋さ

・ ここは学校さ。／這兒是學校！

● 用法：

① 表示斷定或強調自己的主張，中文意思是……吧！

・ そんなことあたりまえさ。／那樣的事是理所當然的。

・ 大丈夫さ。／不要緊！

② 表示反問、責備，中文意思是……呀、……啊！

・ どうして行かないのさ。／為什麼不去呀？

ワン！

注意事項

※「さ」主要適用於男性對親密朋友的談話，不可以用在長輩身上。

※ 女性通常不用「さ」。

5 終助詞ぞ

● 接續：

① 用言終止形、助動詞終止形＋ぞ

・ ほら、行（い）くぞ。／喂，要走囉！

● 用法：

① 用來提醒對方注意，中文意思是……啦、……囉！

・ ほら、試合（しあい）が始（はじ）まるぞ。／喂，比賽要開始囉！

・ おい、ここにいるぞ。／喂，在這裡啦！

② 表示斷定、中文的意思是……喔！

・ 犬（いぬ）にかまれるぞ。／會被狗咬喔！

ワン！ 注意事項

※「ぞ」是男性用語，女性不用。

※「ぞ」只能對親密的人或下屬、晚輩使用。

6 終助詞とも

● **接續**：用言終止形、助動詞終止形＋とも。

・分（わ）かってますとも。／當然知道。

● **用法**：接在句尾，表示十分肯定的語氣，中文意思是當然、一定。

・勿論（もちろん）そうだとも。／當然是這樣的。
・平気（へいき）ですとも。／當然不介意。

7 終助詞の

● **接續：**用言連體形、助動詞連體形＋の

・ まだ痛(いた)いの。／還疼嗎？

● **用法：**表示詢問的語氣，中文意思是……嗎？

・ 今(いま)、何時(なんじ)なの。／現在幾點？
・ 雨(あめ)は止(や)んだの。／雨停了嗎？

ワン！
注意事項

※ 說話時，「の」的語調要往上提。

8 | 終助詞な（なあ）

● **接續**：用言終止形、助動詞終止形＋な。

・大変寒いな。／好冷啊！

● **用法**：

① **接在動詞終止形、助動詞終止形後面，表示禁止，中文意思是不要、別。**

・君は何も言うな。／你什麼都別說。

・二度とするな。／可不許再做了。

② **接在用言終止形後面，表示感嘆、感動，中文意思是……啊！**

・大変寒いな。／好冷啊！

・嬉しいな。／好高興啊！

③ **接在用言終止形後面，表示強烈的願望，中文意思是該多好啊！**

・早く夏休みになるといいなあ。／暑假早一點到該有多好啊！

注意事項

※ 為了加強語氣，「な」通常會說成「なあ」。

9 終助詞ね（ねえ）

● 接續：

① 助動詞終止形＋ね

・ そうですね。／是啊！

② 用言終止形＋ね

・ とても美味(おい)しいね。／非常好吃啊！

● 用法：

① 表示感嘆，中文意思是……啊、……呀！

・ いい天気(てんき)ですね。／真是好天氣啊！

・ 綺麗(きれい)な花(はな)ですね。／好漂亮的花啊！

② 表示徵求對方同意或催促對方回答，中文意思是……啊、……吧、……嗎？

・ それでよろしいですね。／這樣可以嗎？

・ もう悪戯(いたずら)はしないね。／不要再惡作劇了好嗎？

③ 表示疑問、質問或向對方打聽某事是否屬實，中文意思是……呢、……嗎？

・どうだね。／如何呢？

・雨(あめ)は止(や)んだかね。／雨停了嗎？

④ 加強語氣，促使對方注意，中文意思是我啊、……啊。

・わたしはね、こう思(おも)うのよ。／我啊，是這麼想的。

注意事項

※「ねえ」和「ね」意思相同，但「ねえ」的語氣比「ね」強。

10 終助詞ものか

● **接續：**用言連體形＋ものか

・そんな事知るものか。／我哪會知道那種事呢！

● **用法：**表示反駁或強烈的否定，中文意思是哪會……呢、哪有……呢、哪能……呢。

・動くものか。／哪能動呢？
・あの人に負けるものか。／我哪會輸給那個人！

11 終助詞こと

● **接續**：用言終止形、助動詞終止形＋こと

・まあ、綺麗（きれい）な花（はな）ですこと。／啊，好漂亮的花啊！

● **用法**：表示感嘆，中文意思是……啊，……呀！

・いい匂（にお）いだこと。／好香啊！

・立派（りっぱ）なお庭（にわ）ですこと。／好漂亮的庭院呀！

ワン！
注意事項

※「こと」主要用於女性之間的談話。

12 終助詞よ

● 接續：

① 用言終止形、助動詞終止形＋よ。

・ わたしは行きませんよ。／我不去喔！

② 體言、形容動詞語幹＋よ。

・ 私の小遣いは十円よ。／我的零用錢才十圓呢！

③ 命令形＋よ

・ 早く帰れよ。／早點回去吧！

● 用法：

① 表示肯定或斷定，中文意思是……呢、……啊！

・ もう十時ですよ。／已經是十點了呢！

・ そこは危ないよ。／這裡很危險啊！

② 表示勸誘或請求，中文意思是……啊、……吧！

・ 疲れたな、少し休もうよ。／我好累，休息一下吧！

③ 表示疑問、質問，中文意思是……呢、……啊！

・ どこへ行(い)くんだよ。／到那兒去啊？

④ 表示輕微的命令或強行委託別人，中文意思是……吧、……啊！

・ 早(はや)く帰(かえ)れよ。／早點回去吧！

・ そんなことをするなよ。／別做那種事啊！

ワン！

注意事項

※「よ」的命令用法比較粗俗，主要用於男子對於親密的的友人或晚輩用。

13 終助詞わ

● **接續：**用言終止形、助動詞終止形＋わ。

・私(わたし)、分(わ)からないわ。／我不知道啊！

● **用法：**

① 表示斷定、肯定的語氣，中文意思是……啊、……呀！

・私(わたし)行(い)かないわ。／我可不去啊！

・きっと見(み)えるわ。／一定會看到啊！

② 表示感嘆、驚奇，中文意思是……呀。

・あら、綺麗(きれい)だわ。／啊，好漂亮啊！

・本当(ほんとう)に嬉(うれ)しいわ。／好高興啊！

ワン！

注意事項

※「わ」主要是女性用語，老年人常用「わい」。

※ 用「わよ」或「わね（え）」時，主要是在徵求對方同意或把自己的想法說給別人聽。

第十一章 句子

1 語言的單位

在日語裡，語言是由單語→文節→文所構成的，而什麼是單語、文節、文呢？分析如下：

（1）**單語：語言最小的單位，如**「犬（いぬ）」「は」「動物（どうぶつ）」「だ」

（2）**文節：再細分下去就無法表達出意思的句節，如**「犬（いぬ）は」「動物（どうぶつ）だ」

（3）**文：可以表達完整意思的句子，如**「犬（いぬ）は動物（どうぶつ）だ。」

ワン！

注意事項

※ 有時候只要意思完整，一個單語也可以構成一個文（句子），如「よせ」（別做）。

2 句子的成分

日語句子是由文節構成的，每個文節在句子裡有不同的作用。有些是用來當主語，有主詞的作用；有些是修飾作用。這些在句中承擔不同作用的文節，我們稱為句子成分，以下為各位介紹句子的基本成分。

句子基本成分

● **主語：**在句中表示主題或題目的文節。

・花(はな)が咲(さ)いた。／花開了。
　主語

・人生(じんせい)は短(みじか)い。／人生短暫。
　主語

● **述語：**在句中針對主語或主題做說明或陳述作用的文節。

・私(わたし)は行(い)かない。／我不去。
　述語

・花(はな)が咲(さ)いた。／花開。
　述語

● **修飾語：**

※ **連用修飾語：**修飾用言（動詞、形容詞、形容動詞）的文節。

・花(はな)が美(うつく)しく咲(さ)いた。／花開得很漂亮。
　連用修飾語

※ **連體修飾語**：修飾體言（名詞、形式名詞）的文節。

・美しい花が沢山咲いた。／開了很多美麗的花。

連體修飾語

● **目的語**：他動詞的動作所波及或支配的對象。

・本を読む。／讀書。
目的語

・映画を見る。／看電影。
目的語

● **補語**：幫述語做補充說明文節。

・私は七時に出ます。／我七點出門。
補語

3 句子的構成

一般而言，句子是由主語、述語、修飾語、補語等構成，其關係如下：

主述關係

・鳥(とり)が　飛(と)ぶ。／鳥飛。
主語　述語

・美(うつく)しい花が　沢山(たくさん)咲(さ)いた。／開了很多美麗的花。
主語　述語

修飾關係

・美(うつく)しい　花(はな)が沢山(たくさん)咲(さ)いた。／開了很多美麗的花。──連體修飾語
修飾語　被修飾語

・美(うつく)しい花(はな)が沢山(たくさん)　咲いた。／開了很多美麗的花。──連用修飾語
修飾語　被修飾語

對等關係

- 地理（ちり）と国語（こくご）の参考書（さんこうしょ）。／地理跟國語的參考書。
  （地理と国語：對等關係）
- 目的（もくてき）も方法（ほうほう）も正（ただ）しいのに失敗（しっぱい）した。／目的跟方法都正確，但失敗了。
  （目的も方法：對等關係）

補助關係

- 風（かぜ）が吹（ふ）いて　いる。／風正吹著。
  （吹いて：被補助語　いる：補助語）
- 本（ほん）を貸（か）して　ください。／請借我書。
  （貸して：被補助語　ください：補助語）

4 句子的種類（一）

日語的句子從不同的角度可以做不同的分類。

① 從構造上來分類可分為單文（單句）、複文（複句）。

單文 句子裡只有一層主、述關係的句子。

- 花（はな）が　咲（さ）く。／花開。
  主語　述語

- 美（うつく）しい花（はな）が　沢山（たくさん）咲（さ）く。／許多美麗的花盛開。
  主語　述語

複文 句子裡有兩層以上的主、述關係的句子。

- 雨（あめ）が　降（ふ）ったので、道（みち）が　悪（わる）い。／因為下雨，所以路況不佳。
  主語　述語　主語　述語

② 從意思上來分類可分為平述句、疑問句、命令句、感動句。

平述句 用來判斷或敘述一件事物。

斷定句 —— 雨（あめ）が降（ふ）る。／下雨。

否定句 —— 私（わたし）は行（い）かない。／我不去。

推量句 —— 明日（あした）はいい天気（てんき）だろう。／明天會是好天氣吧！

意志句 —— これから毎朝六時に起きよう。／從現在起每天早上六點起床吧！

疑問句 用來表示疑問或反問的句子。

疑問 —— あれはなんですか。／那是什麼？

反問 —— そんなことがあるものか。／哪有這種事？

命令句 說話者命令對方做某事或做某種活動。

命令 —— 早く行け。／快去！

禁止 —— そんな事をしてはいけない。／不可以做那種事！

感動句 表示喜、怒、哀、樂等感情。

感動 —— この花は綺麗だな。／這花好漂亮啊！

感嘆 —— いいお天気ですね。／多好的天氣啊！

5 句子的種類（二）

日語的句子依其性質分為以下幾種：

①平述句：用來判斷或敘述一件事物。

(1) 斷定句－

・雨が降る。／下雨。

(2) 否定句－

・私は行かない。／我不去。

(3) 推量句－

・明日はいい天気だろう。／明天會是好天氣！

(4) 意志句－

・これから毎朝六時に起きよう。／從現在起，每天早上六點起床吧！

②疑問句：用來表示疑問或反問。

(1) 表示疑問的疑問句－

(a) 句型－在句末＋「か」或「かしら」。

・あれはなんですか。／那是什麼？

(b) 句型－疑問詞＋「か」或「かしら」。

・なぜそこに立っているのか。／為什麼站在那裡？

(c) 句型－敘述句＋句尾提高音調

・え、雨？／ 咦，下雨了嗎？

(2) 表示反問的疑問句－

・そんなことがあるものか。／哪有這種事？

③命令句：說話者命令對方做某事或做某種活動。

（a）句型－動詞、助動詞命令形＋「ろ」或「よ」。

・早(はや)く行(い)けよ！／快去！

（b）句型－動詞、助動詞連用詞＋「なさい」或「ください」。

・早(はや)く本(ほん)を開(あ)けなさい。／快點打開書本。

④感動句：用來表示喜、怒、哀、樂等感情。

(1) 在句首或句尾接上感嘆詞。

・この花(はな)は綺麗(きれい)だな。／這花好漂亮啊！

・ああ、寒(さむ)い。／啊，好冷！

(2) 用形容詞或形容動詞詞幹來表示。

・すてき、すてき。／太棒了！太棒了！

6 句子的排列順序

日語和其他語言一樣，文節在句子裡有一定的排列次序，主要的排列順序如下：

①主語在前，述語在後－

・花（はな）が　咲（さ）く。／花開。
　主語　述語

・花（はな）が　美（うつく）しい。／花兒美麗。
　主語　述語

②修飾語在前，被修飾在後－

・美（うつく）しい　花（はな）が　沢山（たくさん）　咲（さ）いた。
　連體修飾語　被修飾語　連用修飾語　被修飾語

／開了很多漂亮的花。

③補語、目的語在前，述語在後－

・毎日新聞（まいにちしんぶん）を読（よ）みます。／每天看報紙。
　目的語

・水（みず）がお湯（ゆ）になる。／水變成開水。
　補語

④獨立語放在句子的最前面－

・おう、佐藤君（さとうくん）、どこへ行（い）くのだ。／喂，佐藤君，你要去哪裡？
　獨立語

ワン！

注意事項

※上面的排列順序是一般的情形，實際上也有句子倒置、省略的場合，如：

・綺麗（きれい）な絵（え）ねえ、これは。／很漂亮的畫耶，這幅－句子倒置

・（あなたは）、昨日（きのう）どこへ行（い）きましたか。／（你）昨天去哪了？－省略句

附錄

日語動詞語尾變化表

①第一類動詞（五段動詞）

日語動詞的分類方式一般分為「第一類動詞（五段動詞）」、「第二類動詞（上一段動詞．下一段動詞）」、「第三類動詞（サ行變格動詞．カ行變格動詞）」三類。而分類的目的是為了方便我們在會話中能流暢地變化及表達出動詞的肯定、否定、現在、過去、禮貌說法、普通說法、命令、意志…等各種不同的動詞形態與含意。

①第一類動詞的基本形語尾都是在う（u）段結束。（見177頁圖表）
②變化時，用う（u）段所屬的「行」來變化。如話（はな）す（su），就用さ．し．す．せ．そ的さ行來變化。（見下方圖表）。
③變化時，語幹不變，只變語尾。

▼第一類動詞（五段動詞）變化方式：

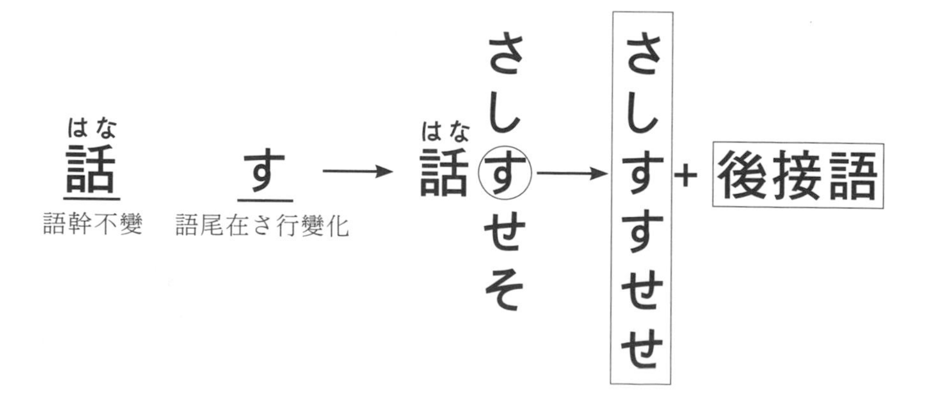

▼下列是第一類動詞（五段動詞），語尾都是在う（u）段結束。

語尾在あ行	語尾在か行	語尾在が行
会(あ)う（u）／見面 言(い)う（u）／說 思(おも)う（u）／認為	歩(ある)く（ku）／走路 行(い)く（ku）／去 書(か)く（ku）／寫	急(いそ)ぐ（gu）／急 泳(およ)ぐ（gu）／游泳 脱(ぬ)ぐ（gu）／脫
語尾在さ行	**語尾在た行**	**語尾在な行**
返(かえ)す（su）／歸還 探(さが)す（su）／找 話(はな)す（su）／告訴、說	打(う)つ（tsu）／打 勝(か)つ（tsu）／贏 待(ま)つ（tsu）／等待	死(し)ぬ（nu）／死
語尾在ば行	**語尾在ま行**	**語尾在ら行**
遊(あそ)ぶ（bu）／玩耍 運(はこ)ぶ（bu）／搬運 呼(よ)ぶ（bu）／邀請	飲(の)む（mu）／喝 休(やす)む（mu）／休息、休假 読(よ)む（mu）／唸	帰(かえ)る（ru）／回去 座(すわ)る（ru）／坐 取(と)る（ru）／拿

▼下列是第一類動詞變化位置關係（以話す為例）

清音

	あ行	か行	さ行 ❷	た行	な行	は行	ま行	や行	ら行	わ行	ん行
あ段	あ a	か ka	さ sa	た ta	な na	は ha	ま ma	や ya	ら ra	わ wa	ん n
い段	い i	き ki	し shi	ち chi	に ni	ひ hi	み mi		り ri		
う段 ❶	う u	く ku	す su	つ tsu	ぬ nu	ふ fu	む mu	ゆ yu	る ru		
え段	え e	け ke	せ se	て te	ね ne	へ he	め me		れ re		
お段	お o	こ ko	そ so	と to	の no	ほ ho	も mo	よ yo	ろ ro	を wo	

濁音

が行	ざ行	だ行	ば行
が ga	ざ za	だ da	ば ba
ぎ gi	じ ji	ぢ di	び bi
ぐ gu	ず zu	づ du	ぶ bu
げ ge	ぜ ze	で de	べ be
ご go	ぞ zo	ど do	ぼ bo

②第二類動詞

（上一段動詞・下一段動詞）

①第二類動詞的基本形語尾都是る（ru），在う段、ら行。

②語尾る的前一個字在い（i）段時稱為上一段動詞，在え（e）段時稱為下一段動詞。

③變化時前面的語幹不變，去掉語尾「る」，再加後接語。

④注意有些字和第一類（五段）動詞易混淆，特別是ら行る結尾的第一類動詞，要特別注意。

帰（かえ）る（第一類動詞基本形）	入（はい）る（第一類動詞基本形）
○帰（かえ）ります　×帰（かえ）ます	○入（はい）ります　×入（はい）ます

▼第二類動詞（上一段動詞）變化方式：

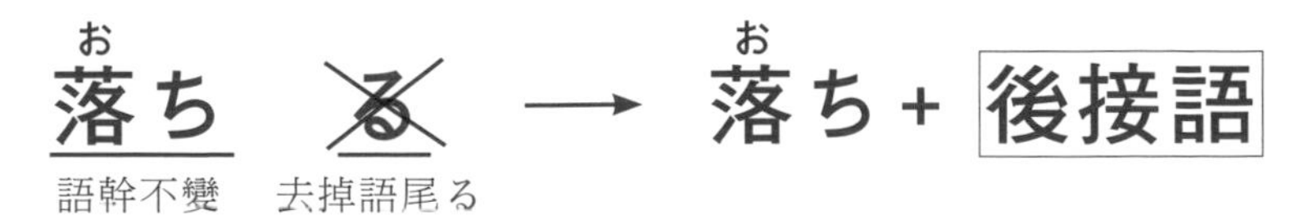

▼下列是第二類動詞（上一段動詞），る的前一個字在い（i）段。

居(い)（i）る／在	着(き)（ki）る／穿 生(い)き（ki）る／活 でき（ki）る／會 起(お)き（ki）る／起床	過(す)ぎ（gi）る ／通過・過度
閉(と)じ（ji）る／關 信(しん)じ（ji）る／相信 命(めい)じ（ji）る／命令	落(お)ち（chi）る／掉落	煮(に)（ni）る／煮
浴(あ)び（bi）る／洗澡 延(の)び（bi）る／延長 詫(わ)び（bi）る／道歉	見(み)（mi）る／看	降(お)り（ri）る／下車 借(か)り（ri）る／借入 足(た)り（ri）る／足夠

▼下列是第二類動詞（上一段動詞）變化位置關係。

清音

	あ行	か行	さ行	た行	な行	は行	ま行	や行	ら行	わ行	ん行
あ段	あ a	か ka	さ sa	た ta	な na	は ha	ま ma	や ya	ら ra	わ wa	ん n
い段 ❷	い i	き ki	し shi	ち chi	に ni	ひ hi	み mi		り ri		
う段	う u	く ku	す su	つ tsu	ぬ nu	ふ fu	む mu	ゆ yu	る ❶ ru		
え段	え e	け ke	せ se	て te	ね ne	へ he	め me		れ re		
お段	お o	こ ko	そ so	と to	の no	ほ ho	も mo	よ yo	ろ ro	を wo	

濁音

が行	ざ行	だ行	ば行
が ga	ざ za	だ da	ば ba
ぎ gi	じ ji	ぢ di	び bi
ぐ gu	ず zu	づ du	ぶ bu
げ ge	ぜ ze	で de	べ be
ご go	ぞ zo	ど do	ぼ bo

▼**第二類動詞（下一段動詞）變化方式：**

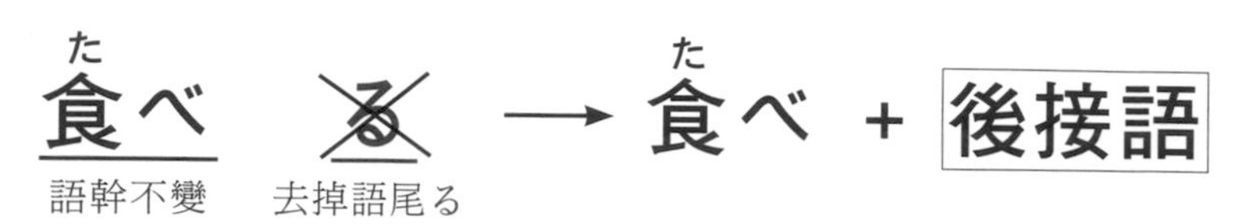

▼**下列是第二類動詞（下一段動詞），る的前一個字在え（e）段。**

<table>
<tr><td>覚え（e）る／記得
数え（e）る／數・算
考え（e）る／考慮
答え（e）る／回答</td><td>受け（ke）る／接受
避け（ke）る／避開
続け（ke）る／繼續
分け（ke）る／分開・分配</td><td>挙げ（ge）る／舉起
投げ（ge）る／投・擲
逃げ（ge）る／逃跑</td></tr>
<tr><td>載せ（se）る／放上・放置
任せ（se）る／委託・託付
見せ（se）る／出示
痩せ（se）る／瘦</td><td>混ぜ（ze）る
／加入・滲入</td><td>捨て（te）る／扔掉
育て（te）る／培育
建て（te）る／蓋・建</td></tr>
<tr><td>出（de）る／出去
撫で（de）る／撫摸
茹で（de）る／水煮</td><td>寝（ne）る／睡
訪ね（ne）る／拜訪
重ね（ne）る／重疊
真似（ne）る／模仿</td><td>比べ（be）る／比較
調べ（be）る／調查
食べ（be）る／吃</td></tr>
<tr><td>集め（me）る／收集
決め（me）る／決定
辞め（me）る／辭職</td><td>入れ（re）る／放進去
遅れ（re）る／遲到
別れ（re）る／分手
忘れ（re）る／忘記</td><td></td></tr>
</table>

▼下列是第二類動詞（下一段動詞）變化位置關係。

清音

	あ行	か行	さ行	た行	な行	は行	ま行	や行	ら行	わ行	ん行
あ段	あ a	か ka	さ sa	た ta	な na	は ha	ま ma	や ya	ら ra	わ wa	ん n
い段	い i	き ki	し shi	ち chi	に ni	ひ hi	み mi		り ri		
う段	う u	く ku	す su	つ tsu	ぬ nu	ふ fu	む mu	ゆ yu	る❶ ru		
え段❷	え e	け ke	せ se	て te	ね ne	へ he	め me		れ re		
お段	お o	こ ko	そ so	と to	の no	ほ ho	も mo	よ yo	ろ ro	を wo	

濁音

が行	ざ行	だ行	ば行
が ga	ざ za	だ da	ば ba
ぎ gi	じ ji	ぢ di	び bi
ぐ gu	ず zu	づ du	ぶ bu
げ ge	ぜ ze	で de	べ be
ご go	ぞ zo	ど do	ぼ bo

③第三類動詞（サ行變格）

する：

①此動詞在さ行做不規則變化，當作「做」的意思單獨存在時沒有語幹。直接用さ、し、せ、し、する、する、すれ、すれ、しろ、せよ的變化。

②另一種在する的前面用兩個漢字當作語幹。如：賛成（さんせい）する、結婚（けっこん）する、連絡（れんらく）する…等。可延伸好幾十個至好幾百個する的動詞。

▼第三類動詞（サ行變格動詞）變化方式

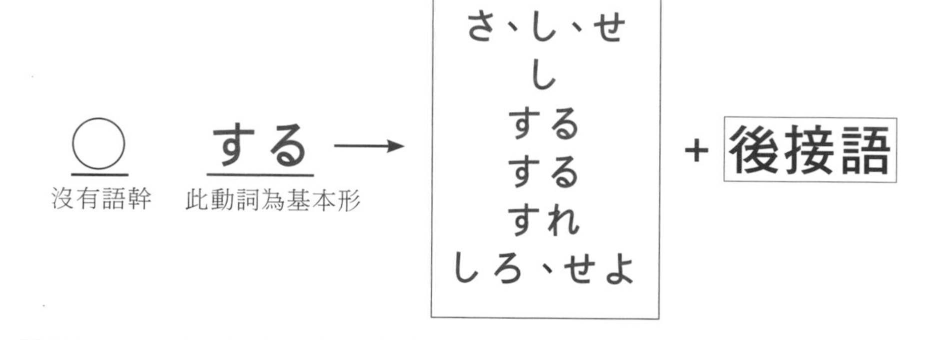

さんせい
賛成
漢字當作語幹

する
此動詞為基本形

→ さんせい
賛成

さ、し、せ
し
する
する
すれ
しろ、せよ

＋ 後接語

▼下列是第三類動詞（サ行變格），する做不規則變化。

する／做	はっきりする／弄清楚
我慢(がまん)する／忍耐 結婚(けっこん)する／結婚 賛成(さんせい)する／贊成 心配(しんぱい)する／擔心 勉強(べんきょう)する／唸書 練習(れんしゅう)する／練習 連絡(れんらく)する／聯絡	デートする／約會 ノックする／敲門

清音

	あ行	か行	さ行 ❶	た行	な行	は行	ま行	や行	ら行	わ行	ん行
あ段	あ a	か ka	さ sa	た ta	な na	は ha	ま ma	や ya	ら ra	わ wa	ん n
い段	い i	き ki	し shi	ち chi	に ni	ひ hi	み mi		り ri		
う段	う u	く ku	す su	つ tsu	ぬ nu	ふ fu	む mu	ゆ yu	る ru		
え段	え e	け kc	せ se	て te	ね ne	へ he	め me		れ re		
お段	お o	こ ko	そ so	と to	の no	ほ ho	も mo	よ yo	ろ ro	を wo	

濁音

が行	ざ行	だ行	ば行
が ga	ざ za	だ da	ば ba
ぎ gi	じ ji	ぢ di	び bi
ぐ gu	ず zu	づ du	ぶ bu
げ ge	ぜ ze	で de	べ be
ご go	ぞ zo	ど do	ぼ bo

③第三類動詞（カ行變格動詞）

くる：

這種動詞在日語中只有一個，在カ行做不規則變化，是「來」的意思，沒有語幹，直接用こ、き、くる、くる、くれ、こい的變化。

▼第三類動詞（カ行變格動詞）變化方式

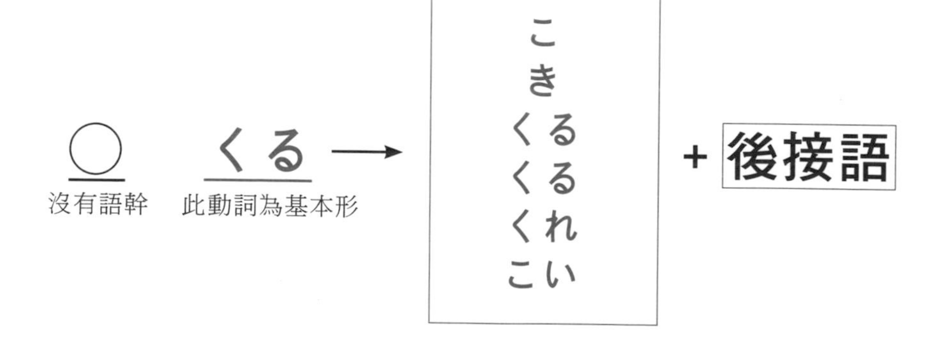

▼下列是日語中唯一一個第三類動詞（カ行變格），くる做不規則變化。

くる／ 來

清音

	あ行	か行 ❶	さ行	た行	な行	は行	ま行	や行	ら行	わ行	ん行
あ段	あ a	か ka	さ sa	た ta	な na	は ha	ま ma	や ya	ら ra	わ wa	ん n
い段	い i	き ki	し shi	ち chi	に ni	ひ hi	み mi		り ri		
う段	う u	く ku	す su	つ tsu	ぬ nu	ふ fu	む mu	ゆ yu	る ru		
え段	え e	け ke	せ se	て te	ね ne	へ he	め me		れ re		
お段	お o	こ ko	そ so	と to	の no	ほ ho	も mo	よ yo	ろ ro	を wo	

濁音

が行	ざ行	だ行	ば行
が ga	ざ za	だ da	ば ba
ぎ gi	じ ji	ぢ di	び bi
ぐ gu	ず zu	づ du	ぶ bu
げ ge	ぜ ze	で de	べ be
ご go	ぞ zo	ど do	ぼ bo

メモ

メモ

メモ

メモ

初學者必備神隊友

初學者輕鬆上手日語文法

最新修訂版

初學者輕鬆上手日語文法：系統化整理、易懂易學，詞類變化超簡單！/ 李復文著 . -- 三版 . -- 臺北市：笛藤出版，2023.10

面； 公分

ISBN 978-957-710-906-4(平裝)

1.CST: 日語 2.CST: 語法

803.16　　　　　112017419

2023 年 10 月 27 日　三版第 1 刷　定價 250 元

著　　者	李復文
總 編 輯	洪季楨
編　　輯	劉育秀・洪儀庭・陳思穎・黎虹君・陳亭安・葉雯婷
編輯協力	立石悠佳・陳湘儀
封面設計	王舒玗
發 行 所	笛藤出版
編輯企劃	八方出版股份有限公司
發 行 人	林建仲
地　　址	台北市中山區長安東路二段 171 號 3 樓 3 室
電　　話	(02)2777-3682
傳　　真	(02)2777-3672
總 經 銷	聯合發行股份有限公司
地　　址	新北市新店區寶橋路 235 巷 6 弄 6 號 2 樓
電　　話	(02)2917-8022・(02)2917-8042
製 版 廠	造極彩色印刷製版股份有限公司
地　　址	新北市中和區中山路 2 段 340 巷 36 號
電　　話	(02)2240-0333・(02)2248-3904
印 刷 廠	皇甫彩藝印刷股份有限公司
地　　址	新北市中和區中正路 988 巷 10 號
電　　話	(02) 3234-5871
郵撥帳戶	八方出版股份有限公司
郵撥帳號	19809050

勉強中です